Fetisch Legende

- Eine Geschichte bizarrer Restriktion -

William Prides

Impressum

(c) 2015 William Prides

Coverfoto: (c) 2015 William Prides

Herstellung und Verlag: B o D - Books on Demand, Norderstedt.

ISBN-13: 978-3-7357-5142-3

Bibliografische Information der Deutschen Nationalbibliothek:

Die deutsche Nationalbibliothek verzeichnet diese Publikation in der Deutschen National-
bibliografie; detaillierte bibliografische Daten sind im Internet über http://dnb.d-nb.de   ab-
rufbar.

Inhalt:

"Die Welt hat weit mehr vergessen, als sie weiß."

Vivienne Westwood

Einstimmung

Wir befinden uns im Jahr 2029 in England. Die Menschen sind verunsichert durch die Umbrüche der digitalen Revolution und der Globalisierung. Wie einst bei der ersten, industriellen Revolution, gibt es Gewinner und Verlierer. Nie zuvor konnte man sich als Individuum besser, bis ins Detail, selbst verwirklichen. Nie zuvor konnte man einfacher an Informationen gelangen und sich mit Gleichgesinnten austauschen. Aber auch nie zuvor war man so vollständig überwacht und ausgeforscht, so im Innersten verwundbar. Bislang war Fetisch-Kleidung sogar in der Alltagskultur salonfähig und es schadete nicht, sich als abseits der Norm zu outen. Jegliche Dinge zu allen erdenklichen Fetischen waren käuflich, als realer Gegenstand oder virtuell. Diese rund drei Jahrzehnte währende, tolerante Epoche hat sich ihrem Ende zugeneigt. Im Umfeld von Finanzkollaps und Wirtschaftskrise erscheinen viele Dinge als Ballast, den man über Bord werfen muß, um nicht unterzugehen. Begonnen bei abweichender Kunst (die sich nicht als Spekulationsobjekt eignet) und endend bei diesem BDSM-Firlefanz. Dessen Anhänger lernen sich lange vor dem ersten Treffen mit einer neuen Bekanntschaft online kennen. Intimste Details werden ausgetauscht - weiß man, ob da nicht jemand mitliest? Wer sich als Stino sicherer fühlt, nur weil er der Durchschnittsnorm entspricht, dem ergeht es nicht besser: bei einer Online-Partnervermittlung die Frage 'wovor fürchten Sie sich am meisten?' zu beantworten, will gut überlegt sein. Es gibt keine Herde mehr, in der man sich verstecken und Schutz suchen kann. Am Ende steht man als nackter Datensatz alleine da, egal ob 'pervers' veranlagt oder Mitläufer, der immer das gemacht hat, was alle anderen auch gemacht haben. Mehr denn je zeugt es von gesundem Menschenverstand und von Mut, sich so auszuleben, wie man wirklich ist, ganz zu sich zu finden und zu sich selbst zu stehen. Obwohl es oft hoffnungslos schien, hat das menschliche Verlangen nach Fetisch-Kleidung und der durch sie ausgedrückten Lebensart bislang alle Epochen überlebt. Wir verdanken das besonderen Menschen, deren Lebensdrang und ein wenig Glück. Davon handelt diese Erzählung.

Ein Paar, in dessen Leben sich viel verändern wird

Ich wartete, daß mein John von der Arbeit zurückkäme. Heute würde er bestimmt pünktlich sein, denn es war der fünfte Jahrestag unserer Beziehung und er hatte mir explizite Anweisung erteilt, wie ich ihn empfangen sollte. In meinem Mund steckte ein großer violetter Ballknebel, der mit meinem Lippenstift farblich abgestimmt war. Außer einem Hauch von einem Bodystocking mit je einem Loch vorne und hinten im Schritt war ich nackt, nur meine Füße waren in abgeschlossenen Ballet Heel-Stiefeletten gefangen. Diese Schuhe waren mein gut gehüteter Besitz, denn in letzter Zeit schien es bei diesen Modellen unerklärliche Lieferschwierigkeiten zu geben. Wie von John angeordnet, hatte ich mir die Hände mit Handschellen auf den Rücken gefesselt. Trotz, oder besser gesagt, wegen meiner hilflosen Situation räkelte ich mich erfüllt und zufrieden auf dem Bett. Hätte mich jemand beobachtet, hätte er trotz des Knebels das sanfte Lächeln meiner Lippen bemerkt. Ja, ich war stolz darauf, was ich für meinen Partner verkörperte. Während ich so wartend auf dem Bett lag, mußte ich daran denken, wie wir uns kennengelernt hatten. Besser gesagt, wie er mich gefunden hatte.

Ein wenig schüchtern war ich auch heute mit Mitte 30 noch, außer bei John. Wenn er mich beherrschte und einschränkte, war das meine innere Befreiung. Dann kannte ich kein Schamgefühl mehr und wußte gleichzeitig, daß ich nichts falsch machen konnte. Vor fünf Jahren war ich noch nicht so weit. Ich lebte meine Sexualität mit mir selber aus, denn ich hatte eine Scheißangst davor, mein innerstes Verlangen irgendwelchen unkontrollierbaren Datenkanälen anzuvertrauen, nur um einen Spielpartner zu finden. Bestenfalls wäre ich mit Werbung zugemüllt und von notgeilen Männern genervt worden, schlimmstenfalls wäre ich an einem Internet-Pranger gelandet. Dort hätten mich dann meine Versicherer entdeckt, ihre Daten abgeglichen und sofort wären meine Kranken- und Haftpflichtversicherung empfindlich teurer geworden, weil ich jetzt einer Risikogruppe angehörte. Also experimentierte ich mit Selfbondage. Schüchtern, aber nicht doof, ging ich auf Nummer Sicher und kaufte mir so ein Eisschloß als Timer. Keine komplizierte Technik, keine Batterien, keine unzuverlässigen Helfer. Eis schmilzt zu Wasser, das funktioniert immer. Nur hatte ich die Rechnung ohne diese Aktivistinnen gemacht. Früher hatten weibliche Moralapostel sich in der Kondomfabrik in der Qualitäts-kontrolle anstellen lassen und dann mit einer Nadel Löcher ins Produkt gestochen. Ich war ein Opfer der modernen Variante ge-worden, wie ich später der Presse entnahm. Jemand hatte eine kleine Gelatinekapsel im nicht ganz geschlossenen Zylinder meines Schlosses platziert. Sie war mit Lötwasser gefüllt, eigentlich ein Flußmittel. Es hat die Eigenschaft, metallische Oberflächen binnen kürzester Zeit rosten zu lassen. Als ich das Schloß nahm und es ganz zusammenschob, während ich es in den Kühlschrank zum Einfrieren legte, zerplatzte die Kapsel unbemerkt. Sie gab das Löt-wasser frei, so daß die beiden beweglichen Teile des Schlosses zu einem untrennbaren Klumpen verrosteten, der sich nie mehr öff-nen ließ, auch nicht nach dem Auftauen. Heimtückischerweise war der Rost von außen nicht zu erkennen und das probeweise Ziehen am Schloß hatte mir einstweilen nur bestätigt, daß es wie ge-wünscht durch das Einfrieren verschlossen war. Wie später be-kannt wurde, gab es einige tragische Todesfälle von Menschen, die, genau wie ich, geil und ungeduldig den neuen Kauf gleich aus-probiert hatten. Sie konnten sich nicht befreien und wurden nicht mehr rechtzeitig gefunden. So weit dachte ich zum Glück noch nicht, als ich bemerkte, daß sich mein Schloß nicht öffnete, obwohl die Zeit für das Auftauen bereits verstrichen war. Trotzdem bekam ich Panik. Ich hatte mich geknebelt und auf dem Fußboden mit Hand- und Fußschellen in einem Hogtie außer Gefecht gesetzt. Die Verbindung zwischen den Händen und Füßen stellte das Eistimer-Schloß dar. Wenn sie sich wie geplant gelöst hätte, hätte ich auf-stehen und die Schlüssel für die Handschellen aus dem Regal neh-men können. Für den Moment bestand meine größte Angst darin, peinlicherweise von meinen Nachbarn so gefunden zu werden. Erst später wurde mir klar, daß John möglicherweise auch mein Lebensretter gewesen war. Er hatte in der Nähe geparkt und ging zufällig an meiner Erdgeschoßwohnung vorbei. Inzwischen war es draußen bereits dunkel geworden. Um keine fremden Blicke zu ris-kieren, hatte ich innen vor das bodentiefe Balkonfenster den dün-nen weißen Sonnenschutz gezogen und, um die fehlende Helligkeit auszugleichen, eine Stehlampe angeknipst. Bei meinem vergebli-chen Zerren und Herumrollen, um das Schloß vielleicht doch öff-nen zu können, stieß ich versehentlich die Lampe um und der Schirm fiel ab. Ich bemerkte nicht, daß die nun auf dem Boden lie-gende Birne ein Schattenspiel meines Körpers auf den Sonnenschutz warf, wie auf eine Leinwand. John sah dies im Vorübergehen, wunderte sich kurz, dann erkannte er als dominanter Mann sofort die typische Körperstellung und die hilflosen Bewegungen. Er überlegte kurz, sah die gekippte Balkontür und entschloß sich, der Sache selbst auf den Grund zu gehen, statt die Polizei zu rufen. Es war zwar ein gewisses Risiko dabei, daß man ihn für einen Einbrecher halten konnte, aber seine Abenteuerlust war stärker gewesen, wie er mir später erzählte. Es gelang ihm, die Balkontür zu öffnen und da stand er nun vor mir wehrlosem Bündel. Ich werde mein ganzes Leben lang nicht vergessen, daß er nicht so reagierte, wie ich es erwartet hatte. Ich starrte ihn mit aufgerissenen Augen an und stöhnte in den Knebel, damit er mich befreien möge. Statt dessen stellte er die Lampe in aller Ruhe wieder auf. Dann hockte er sich neben mich, betrachtete mich ganz ungeniert, sah sich im Raum um und entdeckte den bereitgelegten Schlüssel. Scheinbar hatte er geschnallt, was ich mir angetan hatte. Ich wußte nicht, ob ich mich ängstigen oder meiner aufkommenden Erregung ihren Lauf lassen sollte. Dann die Erlösung: "Ich werde dich befreien und niemand wird davon erfahren. Aber du mußt mich zum Essen einladen und mir die Chance geben, dich kennenzulernen." Ich nickte heftig! Daß wir uns so ganz außerhalb aller digitalen Systeme, durch einen altmodischen Zufall, kennenlernten, war wie ein Lotteriegewinn. Es war uns beiden von Anfang an bewußt, daß uns das einen einzigartigen privaten Freiraum eröffnete, den wir unbedingt schützen mußten. Erst mit der Zeit merkten wir, was für ein großes Geschenk darüber hinaus unsere tiefgehende, auf Dauer angelegte Beziehung war. Wir lebten nicht wie viele andere bloß als Zweckgemeinschaft zusammen, um sich das Wohnen leisten zu können. Wir waren auch kein Produkt des vorherrschenden Zeitgeistes, der besagte, daß es bei Beziehungsproblemen einfacher sei, den Partner zu wechseln, als sie zu lösen. Die digitale Welt gaukelte eine scheinbar unendliche Fülle an Menschen vor, die man jederzeit auf Knopfdruck kennenlernen konnte (und die in der realen Welt dann meistens ebenso schnell wieder verschwanden, wenn man sie brauchte). Die ganz armen Schweine kriegten die Kurve in die Realität nicht mehr und bastelten sich eine Cybersex-Freundin zusammen. Die Erfundenen waren für sie die Besten und das nette Mädchen von nebenan konnte schon lange nicht mehr mit den manipulierten Hochglanzbildern mithalten, mit denen man täglich bombardiert wurde.

Heute war unser Jahrestag und ich hatte mir für Vanessa eine kleine böse Überraschung ausgedacht, in Anlehnung an unser Kennenlernen. Sie hatte von mir die Anweisung erhalten, sich lange vor meiner heutigen Rückkehr außer Gefecht zu setzen und mich so zu erwarten. Ich fuhr früher nach Hause, als sie mich erwarten würde. Ich fummelte absichtlich geräuschvoll an unserer Wohnungstür herum, als ob sich ein Einbrecher daran zu schaffen machen würde. Es sollte klingen, als ob ich das Schloß knacken würde, während ich ganz normal aufschloß. Im Flur verharrte ich einen Moment und hörte das "mmmhhhh-mmmhh" meines lieben Schatzes aus dem Schlafzimmer. Im Flurschrank hatte ich tags zuvor unbemerkt eine Skimaske, die nur die Augen und den Mund freiließ, eine Taschenlampe und ein Buch deponiert. Die Maske zog ich mir jetzt über. Für einen Moment genoß ich mein Kopfkino. Das konnte sich nicht entscheiden, ob ich lieber der Held sein wollte, der die Maid in Nöten aus ihrer mißlichen Lage befreit und dafür unsterblich geliebt (und ausgiebig sexuell verwöhnt) wird - oder lieber der Bursche, der sich nimmt, was ihm gefällt, der die Wehrlose an den Schenkeln packt, in sie eindringt und sich genüßlich an den angstvoll aufgerissenen Augen und den durch den Knebel gedämpften Hilferufen weidet. Schon war der Gedankenblitz wieder vorbei. Ich machte mir das diebische Vergnügen, meine Rolle als Einbrecher noch zu steigern. Ich schlich ins Wohnzimmer und schob einige Schubladen geräuschvoll auf und zu, als ob ich gerade alles durchwühlen würde. Aus dem Schlafzimmer war jetzt kein Mucks mehr zu hören. Ich knipste die Taschenlampe an. Nur ein kurzer Schritt zum Sicherungskasten und, klick, wurde es in der ganzen Wohnung schummerig. Aus dem Schlafzimmer kam ein gedämpfter Schrei und leises Getrappel. Offensichtlich versuchte sie, trotz des Handicaps der Ballet Heels, aufzustehen. Langsamen Schrittes, die Taschenlampe in der einen, das Buch in der anderen Hand, betrat ich in völliger Stille unser Schlafzimmer. Vanessa hatte es geschafft, sich an den Schrank anzulehnen und hatte wohl vor, sich hinter der Gardine zu verstecken, was ihr aber nicht geglückt war. Wie sie da stand, sich hilflos windend, mühsam die Balance haltend - verführerischer hätte auch kein Model auf dem Laufsteg mit den Hüften wackeln können. Würde ich sie nicht ohnehin schon lieben, wäre es spätestens jetzt um mich geschehen gewesen. Ihr schlanker, aber doch mit deutlichen weiblichen Rundungen gesegneter Körper faszinierte mich immer wieder. Ich leuchtete zunächst im Zimmer umher, als wenn ich sie nicht gesehen hätte. Dann richtete ich die Lampe plötzlich auf ihr Gesicht. Sie erschrak bis in die Spitzen ihrer schulterlangen schwarzen Haare, die sie ausschließlich zu Hause offen trug. Dann ließ ich meinen Lichtfinger an ihrem hübschen Körper auf- und abgleiten, als wenn ich ihn genau inspizieren würde. Das bekam sie ganz genau mit und fragte sich sicher, was danach folgen würde. Ich legte das Buch aufs Bett und ging, im Halbdunkel immer noch unerkannt, auf sie zu. Sie quetschte sich in die Ecke, aus der es kein Entrinnen gab. Ich richtete die Lampe von unten auf mein Gesicht, dann zog ich die Maske herunter. Rasch hakte ich sie unter, um ihr das Stehen zu erleichtern und küßte ihre geknebelten Lippen. Vor Glück und Erleichterung sackte sie fast zusammen. Ich führte sie zum Bett zurück und setzte sie mit einem Kissen im Rücken halb aufrecht. Dann setzte ich mich zu ihr, zündete auf dem Nachttisch eine Kerze an und nahm das Buch zur Hand.

"Mein Schatz, es ist ein großes Glück, daß wir beide uns gefunden haben und daß wir so übereinstimmende Neigungen haben. Ich habe dir etwas Besonderes mitgebracht, was deine Phantasien weiter anregen wird. Es war nicht leicht zu bekommen. Ich mußte erst einen Mitarbeiter eines Antiquariats bestechen, damit er es unter dem Ladentisch verkauft. Still sein wirst du durch deinen Knebel ohnehin, also genieße es und hör brav zu."

Ich las ihr beim Kerzenschein die Kurzgeschichte 'Nini Ninette Ninon' aus einem längst vergessenen Nachdruck des Bizarre-Hefts Nr. 14 aus den 1950er Jahren vor, in der ein bizarrer Alltag als ganz selbstverständlich geschildert wird. Die Männer einer Vorstadtsiedlung gehen morgens zur Arbeit und lassen ihre Ehefrauen als korsettierte, gefesselte oder in Fetischkleidung gefangene Püppchen zurück. Als ich zu Ende vorgelesen hatte, nahm ich ihr den Knebel und die Handschellen ab.

"Bitte laß mich die unbequemen Schuhe die ganze Nacht anbehalten und verwahre die Schlüssel dazu. Sie sollen mich ständig an meine Rolle erinnern, die ich aus ganzem Herzen für dich lebe und ein Zeichen dafür sein, daß ich dir niemals weglaufen kann. Auch wenn du mich vor der lieben Überraschung ganz schön geängstigt hast, du Schuft!"

"Hat dir denn die Geschichte gefallen? Ich war mir nicht sicher, ob

13

dir die geistige Ebene allein genügen würde, ich meine, daß ich neben dir nur so am Bettrand sitze und dir vorlese..."

"Die erfundenen Sachen sind manchmal die besten. Ich denke, so etwas kann es doch nie real geben, auch früher nicht. Aus welcher Zeit stammt denn die Geschichte?"

"Aus den 1950er Jahren."

"Was, so alt ist das schon? Dann muß es doch noch mehr davon gegeben haben? Warum weiß man heute nichts mehr davon? Du könntest doch mal im Internet recherchieren...."

"Das ist zu gefährlich. Du weißt doch, sobald irgendetwas in das System eingegeben wird, wird es automatisch analysiert. Es basiert immer noch auf diesen alten Anti-Terror-Gesetzen, die niemals widerrufen wurden. Zuletzt wurde eine Französin versehentlich verhaftet, weil man 'Cocotte' für den Namen einer verruchten Spionin hielt."

"Was die geistige Ebene angeht, glaubst du, daß du herausfindest, wozu mein Bodystocking diese beiden entzückenden kleinen Löcher hat?"

Sanft und vorsichtig drang sein Glied in mich ein. Ich gab mich völlig entspannt hin. Die Vorstellung, so wie eine dieser restriktiv gekleideten Frauen aus der alten Geschichte gehalten zu werden, ging mir nicht aus dem Kopf. Ich mußte mir eingestehen, daß es mich noch feuchter machte. John kannte wirklich mein Innerstes, wofür ich ihm unendlich dankbar war.

Die Konferenz der grauen Eminenzen

Auf einem ehemaligen Landsitz, nicht allzu weit von London, trafen sich die, bei denen die Fäden der Macht zusammenliefen. Wen immer die Öffentlichkeit als Repräsentanten wahrnehmen mochte, die Personen an diesem Tisch waren die wirklichen Herrscher. Die ländliche Abgeschiedenheit ließ sich gut bewachen, das Abhörrisiko war minimal und die Anfahrt gestaltete sich einfacher, wenn man unerkannt anreisen wollte. In dieser Atmosphäre von Sicherheit, vergangener Pracht, gegenwärtigem Luxus und idyllischer Landschaft ließ es sich offen reden. Nichts davon durfte nach außen dringen. Nicht die Namen der Teilnehmer, nicht das extravagante Ambiente und noch nicht einmal, daß es diese regelmäßigen Konferenzen überhaupt gab.

"Ich vertrete bekanntermaßen die Auffassung, daß alles, was der Gesundheit des Menschen schadet und somit seine Produktivität beeinträchtigt, nicht normal sein kann und folglich als pervers anzusehen ist. Wir haben über einen langen Zeitraum endlich die Laster des Tabaks, des Alkohols und der Drogen in den Griff bekommen. Anschließend haben wir versucht, weitere Alltagssüchte der Menschen zu reduzieren. Beispielsweise ist es inzwischen recht gut gelungen, High Heels über 8 cm Absatzhöhe auszurotten, die nachweislich sowohl der Gesundheit schaden als auch effektivem Arbeiten im Weg sind. Wir planen, ihren Bezug zukünftig nur noch über Krankenschein zu erlauben. Dazu muß man einen Fragebogen ausfüllen, unter anderem steht darin: 'Kommen Sie nur unter Zuhilfenahme des Fetisches High Heels zum Orgasmus oder können Sie es auch ohne? Manipulieren Sie lieber mit den Schuhen an sich herum oder bevorzugen Sie es, wenn ihre Partnerin sie beim Sex trägt? Sind sie sich bewußt, welchen gesundheitlichen Risiken sie ihre Partnerin aussetzen, wenn sie darauf bestehen, daß sie High Heels trägt?' Natürlich wird kaum jemand diese peinliche Möglichkeit in Anspruch nehmen. Also können wir nach einer glaubhaften Übergangszeit wahrheitsgemäß verkünden, daß kein übergeordnetes Interesse des Volkes mehr an diesen ungesunden Dingern besteht. Parallel dazu wollen wir eine Kampagne mit abschreckenden Bildern von deformierten Füßen und verkrümmten Zehen starten, nach dem erfolgreichen Vorbild der Anti-Raucher-Kampagnen. Für die Restbestände an Schuhen, die man horten wird, vertrauen wir, in bewährter Weise, darauf, daß die Bürger sich gegenseitig ans Messer liefern. Wir wollen folgende Verordnung erlassen: 'Wenn Sie ihre Frau, Freundin oder Sexpartnerin dazu nötigen, beim Sex die Schuhe anzubehalten, hat diese das Recht, Sie zu melden.' Ich denke, mehr können wir momentan nicht tun. Die Vorgehensweise ist immer ähnlich, Sie kennen das ja."

"Ich kann dem nur zustimmen, daß alles, was die Produktivität hemmt, geächtet werden muß. Wir leben heute in einer friedlichen Welt. Diese zu erhalten, ist kein Preis zu hoch, auch wenn der Durchschnittsmensch so niemals auch nur zu einem bescheidenen Wohlstand gelangen kann. Das heutige Finanzsystem darf auf keinen Fall in Frage gestellt werden. Da große Vernichtungen von Sachwerten durch Kriege zum Glück nicht mehr vorkommen, muß jeder Einzelne seinen Beitrag hinsichtlich Arbeit und Konsum leisten, sonst wird die reale Wirtschaft, die im ständigen Wettbewerb mit dem Finanzwesen steht, vom Hebel des Zinseszinses abgehängt. Und darum verlange ich mit allem Nachdruck, daß Frauen emanzipiert zu sein haben und daß es eine Selbstverständlichkeit sein muß, daß sie alle arbeiten gehen. Frauen, die sich lieber dem Mann unterordnen und als Hausfrau glücklich sind, machen uns Probleme. Überhaupt können wir die Vorteile des Single-Daseins gar nicht genug als Selbstverwirklichung anpreisen. Schließlich können so zwei Kühlschränke, zwei Sofas etc. verkauft werden, statt nur jeweils ein Stück bei einem gemeinsamen Hausstand. Wer es mit seinem Realeinkommen nicht packt, muß eben eine Zweckbeziehung eingehen. So eine Beziehung, die nicht auf Liebe basiert, ist im Prinzip eine gegenseitige Überwachung, die uns in die Hände spielt. Wir haben eine kräftige Inflation zum Abbau der Staatsschulden herbeigeführt und gleichzeitig die Sparzinsen künstlich auf niedrigem Niveau belassen. Wer nicht von früher etwas vererbt bekommen hat, für den geht diese Schere auseinander. Zuviel Zeit füreinander sollten Paare nicht haben, denn dann beginnen sie zu denken, statt in ihrer Freizeit in vorgegebenen Schablonen zu konsumieren und so die Wirtschaft am Laufen zu halten. Auf das Problem, mit sich selbst in der Freizeit nichts anzufangen zu wissen, müssen wir die Antworten vorgeben, sonst werden die Menschen kreativ, statt Geld auszugeben. Wir nehmen ihnen inzwischen sogar ab, sich in Phantasiewelten flüchten zu müssen, um der tristen Realität zu entfliehen. Es gibt Filme, Spiele etc. zum Thema Fantasy noch und nöcher und sie werden dankbar angenommen. Auch die Tatsache, daß bei den meisten Konsumenten heute vom Rollrasen bis hin zu den Dessous alles nur geleast oder auf Pump gekauft ist, hält sie davon ab, sich mit dem System anzulegen. Man hat so nicht nur die Kontrolle, sondern auch sämtliche Informationen. Annehmlichkeiten wie der löffelfertig automatisch nachbestellende Kühlschrank machen nun einmal die Menschen faul und abhängig."

"Zum Glück hat die wirtschaftliche Dominanz der wenigen verbliebenen Modekonzerne zu einer globalen Einheitsmode geführt. In welche Region auch immer Sie fahren, Sie finden überall die gleichen Geschäfte mit dem gleichen Angebot, wenn auch in großer Vielfalt. Regionale Besonderheiten gibt es höchstens noch an Feiertagen, wenn Abwandlungen historischer Trachten auftauchen und da auch nur noch als Kostüm, dessen Ursprung nicht mehr hinterfragt wird. Damit haben frühere Kämpfe um Rock oder Hose, um die Länge von Rock oder Haaren heute keine Bedeutung mehr. Die Konzerne geben durch ihr Warensortiment die Mode vor. Trendsetter, Künstler und Modegurus gibt es nicht mehr, wir haben sie alle finanziell ausgehungert und aufgekauft. Wir haben inzwischen die volle Kontrolle. Beispielsweise hat sich der modische und praktische Overall als Alltagskleidung etabliert. Aber wir müssen immer auf der Hut sein, weil jeglicher Gegenstand oder Körperteil ein Fetisch sein kann. Das frühere Bild klassischer Weiblichkeit kann ich nur verachten, davon sind die Frauen heute endlich befreit."

"Ich will auch an das Beispiel der High Heels anknüpfen, in dem Fall von extrem hohen Absätzen, womit wir in einen dunklen Bereich vorstoßen. Wir erinnern uns: nachdem Fetisch und BDSM aus der Schmuddelecke herauskamen, wurden sie in den Medien gesellschaftsfähig und Alltagskultur. Da sie nicht jedermanns Ding waren, und weil auch nicht jeder, der so etwas mochte, das gleich auf der Straße zeigen wollte, regelten sich diese Dinge ganz von selbst. Aber desto mehr ein Individuum zu sich selbst findet und zu denken beginnt, desto weniger ist es manipulierbar. Wenn die Machthaber den 'Point of no Return' verschlafen und sich Individuen zu stabilen, aber irgendwie nicht faßbaren Gruppen organisieren, dann kriegt man das nur noch über Geld in den Griff. Mit dieser Strategie waren wir beim Christopher Street Day erfolgreich. Den hatten wir nach wenigen Jahren so kommerzialisiert und als Wirtschaftsfaktor etabliert, daß aus dem ursprünglichen Sinn einer politischen Demonstration eine reine Karnevalsveranstaltung wurde. Inzwischen hat dieser Schwachsinn zum Glück aufgehört, nachdem wir wegen vorgeschobener Sicherheitsbedenken keine Genehmigung mehr für die Parade erteilt haben. Ich kann mich den Vorrednern nur anschließen. Opium fürs Volk oder Brot und Spiele, wie sie es auch nennen wollen. Füttern wir die Einfacheren unter ihnen mit Fußball und Fernsehserien, die etwas Gescheiteren von ihnen müllen wir mit Dokumentationen wie 'Wie kommen die Löcher in den Käse' und 'Warum verschwinden Socken in der Waschmaschine' zu."

"Sogar ich als Vertreter der Kirche kann hier etwas zum Thema Fetisch beitragen. Fetisch ist heute keine Reliquie mehr, wie etwa früher ein falscher Knochensplitter eines Heiligen in einer Monstranz. Die Fetische unserer Zeit sind bestimmte Marken und die Waren dieser Marken. Von diesem Kult konnten wir uns nicht ausschließen, wenngleich es ein wenig an den Tanz ums goldene Kalb erinnert, aber sonst gäbe es uns heute nicht mehr. 'Kirche' ist heute eine etablierte Konsummarke mit einem denkbar stabilen Fundament aus erheblichem Grundbesitz. Wir bieten ein unerschöpfliches Portfolio an historischen Bauten, von denen viele längst profanisiert sind und für jeden Zweck verwendet werden können. Wir handeln mit Kunstschätzen im Premium-Segment. Außerdem offerieren wir global diskrete Finanzanlagen, ungefähr das, was früher Steueroasen gemacht haben, bis sie austrockneten. Das wird durch unser nur zu diesem Zweck noch aufrecht erhaltenes eigenständiges Kirchenrecht ermöglicht. Darauf hatten wir uns in der Vergangenheit verlegt, nachdem die Kirchensteuer abgeschafft wurde und immer weniger Spenden hereinkamen. Irgendwie mußten unsere historischen Immobilien ja unterhalten werden und das kostet. Wir mögen erotisch-sexuelle Dinge in Verbindung mit unserem Geschäft nach außen hin nicht, weil wir traditionell selbst nichts in dieser Richtung zu bieten haben. Aber wir sind über Briefkastenfirmen an den großen staatlich legalisierten und überwachten Cybersex-Medien und Glücksspielen beteiligt, der Laden muß ja schließlich laufen. Offiziell vertreten wir natürlich die Doktrin, daß Kleidung keusch, züchtig und nicht verführerisch sein soll. Das ist auch ein Tribut an das kürzlich stattgefundene, gemeinsame Konzil von Morgen- und Abendland, auf dem die Kleidungsfrage endlich gelöst werden konnte. Vergessen Sie nicht, daß wir uns für Sie eingesetzt haben, damit niemand mehr durch Verschleierung der Gesichtserkennungssoftware entgehen kann. Unsere Marke hat weltweit einen Bekanntheitsgrad von 99% und offeriert einen hohen Kundennutzen in Form von Convenience. "

"Es gibt scheinbar immer noch vereinzelte, wohlgehütete Restbestände von Fetisch-Kleidung, die wir auch mit Razzien nicht auffinden konnten. Bei diesen Altlasten greift auch nicht, daß Bargeldzahlung im Laden inzwischen ebenso gesellschaftlich geächtet ist wie anonyme Internetcafes. Unsere Kampagne 'Du solltest wissen, mit wem du Geschäfte machst' war ein voller Erfolg. Es war hier schon öfter vom Beispiel der High Heels die Rede und daß manche Damen davon nicht lassen können. Immer wieder erwischen wir welche dabei, daß sie sie mit langen weiten Hosen kaschieren, unter denen nur die Schuhspitze und ein ganz kleiner Teil des Absatzes hervorschauen. Wenn es nach uns ginge, würden wir einfach Hosen verbieten, die länger als bis zum Knöchel gehen. Aber das paßt sicher Einigen hier nicht, die Angst vor zu kurzen Hosen haben und die es schon gar nicht hinnehmen würden, wenn Frauen nur noch Röcke tragen dürften. Zum Glück sind wir nur für die Umsetzung und nicht für politische Entscheidungen verantwortlich. Manch einen heimlichen Fetischisten ertappen wir, wenn er z.B. die überlangen Schnüre kaufen will, die nur dem einem Zweck dienen können, ein Korsett zu schnüren. Früher mußten Verkäufer im Rahmen der Anti-Terror-Gesetze melden, wenn jemand auffällig große Mengen bestimmter Chemikalien kaufte, die zum Bombenbau verwendet werden könnten. Wir haben einfach die Liste der verdächtigen Gegenstände ein wenig erweitert. Einen wichtigen Beitrag konnten wir mit der Manipulation der Kriminalstatistik liefern: Wir haben unlängst gemeldet, daß kaum noch eingebrochen würde, es aber viel Straßenkriminalität gäbe. Die Leute bleiben nun eher brav zu Hause, wo sie sich online besser überwachen lassen. Heutzutage gibt es kaum noch investigativen Journalismus, die Menschen nehmen Nachrichten nur noch nebenbei als Schlagzeilen, vermischt mit Werbung, auf, während sie in sozialen Netzwerken aktiv sind. Das erleichtert unsere Arbeit natürlich."

"Unsere Überwachung ist allgegenwärtig, wenn auch unsichtbar und oft subtil. Wir arbeiten mit allen Tricks. Nehmen wir zum Beispiel die digitale Navigation, ohne die die Menschen sich heute nicht mehr zurechtfinden. Wir tarnen etwa unsere Operationszentralen und sicheren Häuser durch Manipulation der Navigationsdaten. Mitten in London gibt es auf diese Weise Orte, die nicht existieren, bis zur Größe eines Häuserblocks. Die Navigation lenkt einen immer um sie herum. Zusätzlich sind alle Entfernungsangaben innerhalb des betreffenden Stadtteils künstlich verzerrt, so daß kein weißer Fleck auf der Landkarte entsteht. Wer auf die Idee käme, zu Fuß auf Entdeckungsreise zu gehen, würde vielleicht zufällig um die richtige Ecke biegen, aber sofort auffallen, weil sich sonst niemand dorthin verirrt. Sogar die Straßenreinigung übernehmen unsere eigenen Mitarbeiter in entsprechender Aufmachung. Heute läßt sich fast jeder von seinem Navigationssystem in seinem Auto vollautomatisch herumfahren und wer noch selbst steuert, vertraut auf seine digitale Karte. Was bleibt ihm auch übrig, Karten in Papierform sind kaum noch erhältlich und sehr teuer. Wir haben auch schon Menschen samt ihrem Auto verschwinden lassen, indem wir sie direkt in eine Sackgasse fahren ließen, die von unseren Gebäuden umgeben war. Als Zieladresse hatten wir sie mit der 'Speakeasy Fetish Bar' gelockt, die es nicht gibt. Das sind aber dann gezielte Einzelaktionen. Die Masse der Überwachung läuft automatisch und unsere Mitarbeiter überwachen sie nur noch. Der Gruppenzwang funktioniert bestens. Schon Kinder lernen, daß sie sich über die sozialen Netzwerke verabreden müssen, wenn sie nicht ohne Freunde dastehen und als Außenseiter gelten wollen. Die Eltern freut's, weil sie so ihre Sprößlinge unter Kontrolle haben - und wir lesen alles mit. Außerdem haben die Kinder keine freie Zeit mehr, in der sie auf dumme Gedanken kommen könnten. Sie müssen in die Ganztagsschule, was den Eltern nur recht ist, denn sie haben gute Erziehung meistens verlernt und ohnehin genug Berufsstreß. In der Schule wird den Kleinen eingetrichtert, daß sie nur als Teil eines Teams etwas darstellen und darin aufgehen müssen. Die USA haben das vor rund 60 Jahren aus dem militärischen Bereich übernommen, inzwischen ist es weltweiter Standard."

Die Landpartie

"Meisterlein, die International Time Capsule Society hat dir ein Mail geschickt."

Ich hätte besser meinen vorlauten Mund gehalten, aber einmal mehr sagte ich zu mir selbst: Du hast es ja nicht anders gewollt. Für die Respektlosigkeit hatte John mich im Nu in meine alte Zwangsjacke gesteckt. Die hatte zwar schon einige Löcher, aber ausbruchsicher war sie immer noch. Wir wollten längst eine neue kaufen, aber inzwischen wurden solche Kleidungsstücke nicht mehr an Privatpersonen verkauft. Üblicherweise ließ er mich immer einige Stunden in dem Ding schmoren und erfreute sich an dem Anblick, wenn ich erst einmal darin gefangen war. Jetzt war sowieso schon alles egal.

"Erhabener Meister, euer Vehemenz geruhen, elektronische Post empfangen zu haben."

"Wenn du immer noch nicht genug hast, hole ich gleich das Knebelgeschirr!"

"Bitte nicht, ich bin auch ganz brav. Aber jetzt mußt du die Nachricht selbst abrufen, ich bin momentan verhindert."

"Laß mal sehen. Ich hatte unsere Registrierung dort schon ganz vergessen, die wir zu unserem ersten Jahrestag gemacht hatten. Ich hatte immer die Idee, daß falls wir einmal heiraten würden, wir am Hochzeitstag selbst eine Zeitkapsel vergraben und registrieren lassen würden, damit sie später auch wiedergefunden wird."

"Unsere Beziehung ist tiefer und vertrauensvoller als die meisten Ehen, wozu noch heiraten?"

"Stimmt genau. Ich finde unsere wilde Ehe viel aufregender. Wie es scheint, haben wir damals auch eine Art Patenschaft übernommen, ich erinnere mich dunkel. Hier steht es noch einmal: 'Jedem unserer weltweiten Paten wird eine Zeitkapsel aus dem Register zugeteilt, die sich in der Nähe seines Wohnortes befindet. Die Registrierungsstelle bittet die Paten, wenige Monate vor dem geplanten Wieder-Öffnungsdatum, die benannte Örtlichkeit in Augenschein zu nehmen. Oft können Zeitkapseln nicht mehr gefunden werden, weil z.B. ein Gebäude über einem früheren Park errichtet oder weil etwas abgerissen wurde. Als Belohnung für diese ehrenamtliche Tätigkeit dürfen die Paten bei der Öffnung der Zeitkapsel mitwirken, die in einigen Fällen zum Medienereignis wurde.' Klingt doch spannend."

"Wo schicken die uns denn hin?"

"Laß mal sehen. Es ist eine vage Ortsbeschreibung in der Grafschaft Surrey. Hm, was könnte dort sein - ich habe da einmal etwas von den Locke-King Vaults gelesen. Das soll im Zweiten Weltkrieg eine unterirdische Flugzeugfabrik gewesen sein, von der man nicht weiß, ob es sie heute noch gibt. Es gibt auch Verschwörungstheorien über alte Bunkeranlagen unter dem vornehmen Wentworth Golfclub."

"Klingt ziemlich spannend. Es ist ja auch nicht allzu weit."

"Es könnte ein schöner Abstecher fürs Wochenende werden. Da draußen haben wir unsere Ruhe. Wolltest du nicht mal wieder gefesselt an der Leine spazieren geführt werden?"

"Ja gerne, mein Liebster."

"Hier steht noch, daß nicht viel über die Zeitkapsel bekannt ist. Scheinbar wurde sie aus dem Bestand eines Vorläufers der heutigen Registrierungsstelle übernommen. Die heute üblichen Angaben über den genauen Inhalt und den Zweck der Kapsel fehlen, nur das Datum für die Wiederöffnung steht fest. Das kann ja heiter werden, ich sehe uns schon in Gummistiefeln im Unterholz herumkrauchen und vergeblich suchen, statt einen anregenden Spaziergang zu machen. Dabei hatte ich noch an die geschwärzte Sonnenbrille für dich gedacht, um dich blind spazieren zu führen..."

"Nein, nein, ich bitte dich!"

"Gut. Ich sehe auch lieber in deine hübschen und manchmal verzweifelten Augen."

"Da habe ich ja nochmal Glück. Schatz, was muß ich tun, damit du mich recht bald wieder von der Zwangsjacke befreist?"

"Servieren und bedienen mit Aufnahme."

Ich befreite Vanessa aus der Zwangsjacke. Gehorsam holte sie ihre 15 cm hohen Pumps und zog sie an. Dann legte sie mir die Hand- und Fußschellen sowie ein zusätzliches kleines Schloß hin, drehte mir den Rücken zu und legte die Hände auf den Rücken. Ich ließ die Handschellen auf dem Rücken einrasten. Die Fußschellen verband ich mit dem Schloß so kurz wie möglich, die Verbindungskette hing schlaff herunter. Dann machte ich es mir im Sessel bequem. Auf mein Zeichen setzte Vanessa sich mit winzigen Trippelschrittchen mühsam in Richtung Küche in Bewegung. Durch die geöffnete Tür beobachtete ich genüßlich, wie sie geübt ein Getränk in ein Glas goß. Dazu benutzte sie nur eine ihrer gefesselten Hände, die sie seitlich am Körper vorbei zwängte. So hielt sie auch vorsichtig das Glas, als sie den Rückweg antrat, was wiederum Minuten dauerte. Ein herrliches Bild, ihren durch und durch gestrafften Körper anzuschauen, auf den hohen Absätzen balancierend, die Schrittchen nicht zu groß wählend und darauf achtend, bloß nichts aus dem Glas zu verschütten. Wie sie mich dabei anlächelte. Es fühlte sich einfach richtig an, für uns beide. Geschickt ging sie am Tisch in die Knie und stellte das Getränk vorsichtig ab. Ich gab ihr ein Zeichen, worauf sie sich neben meinen Sessel stellte. Während ich mit der einen Hand das Glas nahm und trank, streichelte meine andere Hand ihre Schenkel zärtlich von innen. Immer nur bis kurz vor ihr Höschen, denn genau das machte sie an und nervös. Es dauerte auch nicht lange, bis sie nicht mehr ruhig stehen konnte und begann, unter leisem Klirren der Fußschellen auf der Stelle zu trippeln. Als ich ausgetrunken hatte, gab ich ihr als Zeichen einen kräftigen Klaps auf ihren Hintern. Sie trippelte vor mich und kniete vor mir hin, wobei ich ihr ein wenig helfen mußte. Ich öffnete meine Hose und brachte mit der Hand mein ohnehin schon gut angeregtes bestes Stück noch ein wenig mehr in Form, bis es sich zur vollen Pracht entfaltete. Dann faßte ich sie entschlossen an den Haaren und drückte ihr meinen Schwanz tief in den Mund. Sie genoß es wie immer und blies hingebungsvoll. Dieses raffinierte Luder wußte genau, wie es mich schnell zum Orgasmus und so auch zu ihrer Befreiung bringen konnte. Sie spielte mir scheinbare Gegenwehr vor, zerrte vergeblich an den Handschellen und versuchte zum Schein, den Kopf wegzudrehen, war aber dabei darauf bedacht, mein Glied immer schön weiter zu lutschen. Als sie dann auch noch begann, verzweifelt zu stöhnen und ein undeutliches "Nein, Hilfe!" zu murmeln, war es um mich geschehen. Ich explodierte in ihr und sie schluckte nur zu gerne, was ich ihr gab.

Am darauffolgenden Wochenende machten wir unsere Landpartie, um zu erfahren, ob von dieser mysteriösen Zeitkapsel überhaupt noch etwas zu finden war. Nur noch Doppelverdiener wie wir konnten sich ein Auto leisten. Vorgeschobene Umweltauflagen hatten diese persönliche Freiheit zum Luxus gemacht. Es war einfacher, die Menschen zu kontrollieren, wenn sie die öffentlichen Transportsysteme nutzten. Ich hatte mich dann doch nicht getraut, Vanessa an der Leine spazieren zu führen, das Risiko schien mir zu groß. Statt dessen hatten wir beide Spaß an ihrer unsichtbaren Fesselung, die sich schon oft bewährt hatte. Unter ihrer Kleidung trug sie ein Hüftkorsett, einfach weil sie das Gefühl mochte, auch wenn es beim Sitzen im Auto hinderlich war. Dazu ihre 12 cm hohen Oxford Pumps, die sie pflichtgemäß zunächst mit einem Doppelknoten und erst dann mit einer Schleife fest verschnürte, um ein Abstreifen oder Ausziehen unmöglich zu machen. Höhere Schuhe als diese waren zu meinem Leidwesen für einen längeren Spaziergang unrealistisch. Außerdem waren sie kaum noch zu bekommen. Selbst mit dieser Absatzhöhe fiel man inzwischen draußen auf und erntete schiefe Blicke. Darum trug sie eine lange, weite Hose, die die Schuhe fast vollständig bedeckte und so die Höhe der Absätze versteckte. Damit fühlten wir uns ziemlich sicher. In die Hose hatten wir an der Innenseite der Oberschenkel Löcher gemacht. Unter der Hose trug Vanessa Schenkelbänder, die mit einer kurzen Kette verbunden waren. So war ihre Schrittlänge eingeschränkt. Das Ganze wurde durch einen Mantel getarnt, der bis zu den Knien ging. Gut, daß es inzwischen fast Herbst war; im Sommer ließen sich solche Aktionen leider nicht durchführen. An dem Mantel hatten wir das Futter der Manteltaschen am Ende aufgeschnitten, so daß Vanessa ihre Hände nach innen durchstecken konnte. Die Hände steckten in engen, abgeschlossenen Leder-Fäustlingen. Diese waren an einem D-Ring an einem breiten und stabilen Leder-Hüftgurt befestigt, ähnlich einem, wie man ihn im Strafvollzug sieht. Von außen betrachtet hatte Vanessa lediglich die Hände in den Manteltaschen. Unser gemeinsames Geheimnis war, daß sie weder etwas greifen, noch ihre Schuhe ausziehen, noch mir davonlaufen konnte. Sie war völlig auf mich angewiesen und wurde bei solchen Spaziergängen im wörtlichen Sinne immer sehr anlehnungsbedürftig. Ich hakte sie bei mir ein oder legte

24

meinen Arm um ihre Hüfte, um ihr beim Ausbalancieren zu helfen oder um ein Mißgeschick zu verhindern, falls sie stolpern sollte. Selbst beim Anschnallen im Auto war sie auf mich angewiesen. Beim Spaziergang lag es ganz in meiner Hand, wohin ich sie führte, wann ich ihr erlaubte, sich auf eine Bank zu setzen, damit sich ihre Füße erholen konnten oder wann ich sie stehenbleiben ließ, um sie zu küssen. Sie ging ganz darin auf, sich führen zu lassen, fand es spannend und auch bequem, selbst keine Entscheidungen mehr treffen zu müssen. Ich wiederum bewunderte ihre Gefügigkeit. Zwischen uns war ein ständiges unterschwelliges erotisches Knistern. Da unser Ausflug möglicherweise länger dauern würde als geplant, hatten wir gemeinsam beschlossen, Vorsorge für den Fall zu treffen, daß sie auf die Toilette müßte. Denn das war der einzige Schwachpunkt unserer Konstruktion - sie ließ sich außerhalb eines geschützten Raumes nicht unauffällig ablegen und ich konnte auch schlecht mit auf die Damentoilette gehen. Also trug Vanessa eine Windel, die eigentlich für Senioren bestimmt war, darüber noch eine Gummihose mit strammen Gummizügen an den Beinausschnitten. Wir hatten das schon einige wenige Male praktiziert, allerdings bislang, ohne daß die Windel ihre Funktion hätte unter Beweis stellen müssen.

John hatte mich für unseren Ausflug artgerecht verpackt, so wie ich es gern hatte. Vielleicht war es ein alberner Gedanke, aber ich fühlte mich wie eine Dame behandelt, als er mir die Wagentür öffnete und mich anschnallte, nachdem ich mich gesetzt hatte. Sicher, ich war selbst nicht in der Lage, dies zu tun, aber wo wurde eine Frau heute noch so hofiert? Das Wetter fand sozusagen nicht statt, es war bedeckt, aber momentan trocken. Sicherheitshalber nahmen wir ein Regencape mit. Die Fahrt verlief unspektakulär, aber keineswegs langweilig. Wie immer bei solchen Gelegenheiten konnte er seine Finger nicht bei sich lassen und langte herüber. Seine Hand schob den Mantel ein wenig hoch und streichelte durch die Hose die Innenseite meiner Schenkel. Prüfend tastete sie auch über die Schenkelbänder. Ich wurde leicht kribbelig und wünschte, er würde meiner Spalte näherkommen und sie feucht werden lassen. Aber an der Stelle war ich durch die Windel wie in Watte gepackt und ohne Gnade keusch gehalten. Ich bin mir sicher, daß er sich dessen sehr bewußt war und seinen Spaß dabei hatte, denn ich konnte die Beule in seiner Hose sehen. Weiteres knisterndes Miteinander mußte warten, denn wir näherten uns unserem Ziel. John verlangsamte seine Fahrt auf der Landstraße und fand eine Einfahrt zu einem Feldweg, wo er halten und in Ruhe noch einmal die Hinweise studieren konnte, die uns ans Ziel bringen sollten. Ohne Straße und Hausnummer funktionierte die automatische Navigation nicht. Es war ungewohnt, den Blick in die Landschaft zu richten und sich selbst orientieren zu müssen, das war fast schon wie bei den Pfadfindern.

"Hier steht: *Nahe der Kreuzung dieser beiden Landstraßen führt ein unbefestigter Kutschweg durch ein kleines Wäldchen. Dahinter beginnt Witley Park. Achte das schmucke Pförtnerhaus nicht gering, denn hier beginnt das Flanieren erst. Genieße einen ungestörten Gang durch die Allee. Suche im ersten Drittel der Allee den Pfad der Untugend, der dich von ihr fortführt. Finde den Brunnen und erkenne die Zeichen, bevor du weiter schreitest und der Kreis sich schließt.*"

"Ich habe gleich befürchtet, daß wir im Matsch landen, ich darin einsinke und meine Schuhe ruinieren werde."

"Wenn du nichts Nettes sagen kannst, dann sei still. Wir sehen uns das erst einmal an. Auf jeden Fall ist die Gegend fast menschenleer, was uns sehr entgegenkommt. Was nicht paßt, ist die Angabe Witley Park, das ist noch ein ganzes Stück weit weg. Vielleicht ging es früher tatsächlich einmal bis hier, wir wissen schließlich nicht, wie alt diese Hinweise überhaupt sind. Es gibt hier mehrere Seen und einen Bach, das würde passen, denn woher soll sonst ein Brunnen sein Wasser bekommen?"

Wir fanden den schmalen, holprigen Weg und trauten uns, seinem Ende entgegen zu fahren. In dem Wäldchen war das Licht gedämpft, es war ein friedlicher Ort. Keiner von uns sprach ein Wort, es war schon genug, daß unser Auto hier störte. Nur die längst vom Regen ausgewaschenen Spuren eines Traktors, der vor längerer Zeit hier gefahren sein mußte, waren auf dem Weg zu erkennen. Im Rückspiegel war von der Landstraße nichts mehr zu sehen, denn der Weg machte eine leichte Biegung, auf die man nicht gleich achtete. Vorne wurde es nach einer Weile lichter. Der Weg machte nun eine engere Biegung und wir gelangten auf einen Wendeplatz. Gegenüber stand ein großes eisernes Tor, breit genug für eine Kutsche, in Steinquader eingefaßt und früher einmal sicher gut bewacht. Vom Stil her bestimmt über hundert Jahre alt und immer noch hübsch anzusehen. Offensichtlich hatte man es ab und zu neu gestrichen. Der an beiden Seiten anschließende eiserne Zaun war teils überwuchert und nicht so gut in Schuß. Das Ganze hatte den Charme des ausgestorbenen alten Adels, der einen von Ölgemälden herab anblickt. Ein kurzes Stück hinter dem Tor stand das erwähnte Pförtnerhäuschen. Sein Stil schien aus der Ära um 1900 zu stammen, so weit ich das beurteilen konnte. Niemand würde heute mehr für einen Zweckbau so einen Aufwand treiben. Überhaupt schien es für einen Pförtner viel zu groß zu sein. Vielleicht war hier früher eine ganze Wachmannschaft untergebracht? Wegen seiner Größe stand es vermutlich auch nicht gleich neben dem Tor, was praktischer gewesen wäre. Der hintere Teil war ziemlich überwuchert. Hier hatte es wohl einmal direkt an das Haus angrenzende Hecken gegeben, die über sehr lange Zeit ein Eigenleben entwickelt hatten. Hinter dem Haus begann die Allee, die, wie wir später feststellten, leicht S-förmig angelegt war, so daß das Haus vielleicht auch als Sichtschutz gedacht war. John stieg aus und fand das Tor verschlossen vor. Aber ein Stück entlang des Zauns hatte ein Sturm einen Baum umgekippt, der auf den Zaun gefallen war und uns so eine Lücke geschaffen hatte.

"Da wohnt heutzutage gewiß keine Lordschaft mehr, die gleich die Bluthunde von der Kette läßt. Matsch ist hier auch keiner, also komm."

Gesagt, getan. Zu unserer Überraschung bemerkten wir, daß der Boden der Allee unter dem frischen Laub sehr ordentlich und völlig flach mit großen Platten gepflastert war. Inzwischen hatte sich die eine oder andere Wurzel ihren Weg in die Freiheit gebahnt und die Ränder waren bemoost, aber der ursprüngliche Zustand ließ sich gut erahnen. Am Rand lag älteres Laub, hier wurde also sporadisch Ordnung gehalten. Wer hatte hier soviel Geld für einen Weg verbaut, obwohl es unseres Wissens in der unmittelbaren Nähe kein Herrenhaus gab? Das war eigentlich bestenfalls ein Wirtschaftsweg. Das Pförtnerhäuschen machte keinen verwahrlosten Eindruck, im Gegenteil. Es waren keine Vandalismusschäden zu sehen und das Türschloß schien hin und wieder benutzt zu werden. Das Häuschen war mit Fensterläden verschlossen, die wie Holz aussahen, bei näherer Betrachtung aber aus stabilem Eisen bestanden. Der Hammer war das Dach: Der typischen Patina nach zu urteilen, war es mit Blei gedeckt. Das war höchst merkwürdig. So hatte man seinerzeit nur Kirchturmdächer gebaut. War hier ein schrulliger Graf am Werk gewesen, der für die Ewigkeit gebaut hatte? Warum wurde alles instandgehalten?

"John, entschuldige bitte meine vorlaute Bemerkung vorhin. Hier läßt es sich sehr gut laufen und wir sind ganz alleine. Diese Allee ist schön und verlassen, sie ist fast schon verwunschen. Selbst wenn wir hier keine Zeitkapsel finden, ist es ein Segen, diesen Ort gefunden zu haben, an dem wir ungestört wir selbst sein können. Bitte küß mich."

Nichts lieber als das! Danach hakte ich meine geliebte Vanessa unter und führte sie mit ihren kleinen, anziehenden Schritten durch die Allee. Sie ließ sich nur zu gerne führen und beschützen. Es war schön, daß sie in dieser Umgebung völlig auf mich angewiesen war und sich mit einer Art Gottvertrauen völlig auf mich verließ.

"Du hast doch vorhin gesagt, daß uns von dieser Allee ein Weg auf moralische Abwege führen wird. Dann müßten wir doch logischerweise gerade auf dem Pfad der Tugend wandeln. Ob wir beide da wohl die richtigen Kandidaten sind, die sich derjenige gewünscht hat, der diese Zeitkapsel hinterlegt hat? Denk doch mal daran, wie prüde und verklemmt die früher gewesen sein müssen."

"So toll ist es heute nun auch nicht mehr. Aber tun wir denn etwas Unmoralisches? Was wir machen, geschieht einvernehmlich, mit gegenseitigem Respekt und es schadet keinem Dritten. Genaugenommen findet gerade auch nichts Sexuelles zwischen uns statt, auch wenn wir beide stille Genießer sind. Das ist sicher nicht die vorherrschende Meinung. Umso wichtiger und schöner ist es, das wir beide uns gefunden haben. Was in der Beschreibung stand, scheint mir auch eher ein konkreter Fingerzeig zu sein. Irgendetwas hat es mit diesem Häuschen am Eingang auf sich."

Die Allee war lang, bestimmt zwei Meilen. Die Landschaft um sie herum war teils offen, teils reichten Ableger des Wäldchens unmittelbar an sie heran. An einer Stelle im hinteren Drittel gab es sogar einen tiefblauen See mit einem Steg, als ob hier früher ein Ruderboot gelegen hätte. Ein Bach, der von irgendwo außerhalb unseres Grundstücks herführte, speiste ihn. Die alten Bäume waren oben fast zusammengewachsen. John bestand darauf, daß wir bis ganz ans Ende gingen, um zu sehen, wie es dort weiterging. Meine kleinen Schrittchen kosteten Kraft und meine Füße begannen zu schmerzen. Das war der Preis, den ich für meine innere Zufriedenheit zahlen mußte. Mit Schrecken dachte ich daran, daß wir die gleiche Strecke noch einmal zurück laufen würden. Ich behielt es für mich, um nicht zu riskieren, geknebelt zu werden, und lächelte gehorsam. Es war auf jeden Fall gut, daß ich gar nicht erst in die Versuchung kommen konnte, meine Schuhe auszuziehen zu wollen. Warum standen in dieser Allee bloß keine Bänke? Es gab hier als einzige Dekoration in größeren, regelmäßigen Abständen eine Art mannshoher, schief stehender Gedenksteine, jedoch ohne Inschrift. Am Ende der Allee war - nichts. Wir standen vor einem zweiten, identischen Tor, welches ebenfalls verschlossen war. Dahinter öffnete sich die Landschaft und erst in weiter Ferne war das zu sehen, was das heutige Anwesen von Witley Park zu sein schien. Die Pflasterung der Allee endete hier ebenfalls. Was sollte das für einen Sinn haben? Es mochte in der heutigen Zeit Fehlplanungen geben, die Autobahnen im Nichts enden ließen, aber doch nicht hier. Auf dem Rückweg durch die Allee schwächelte ich etwas. John bemerkte es am Muskelzittern in meinen Beinen. Er war streng und konsequent, aber er kannte genauso gut meine Grenzen und war dafür verantwortlich, mir beizustehen, wenn es einmal wirklich nicht mehr ging. Scheinbar hatte er auch schon eine rettende Idee. Er führte mich zu einem der undefinierbaren Gedenksteine am Rand der Allee und lehnte mich kurz gegen einen Baum. Mit seinem Taschenmesser entfernte er, so gut es ging, den Bewuchs um den Gedenkstein. Dabei kam eine Eisenstange zum Vorschein, die unten auf dem Sockel vor dem Gedenkstein quer verlief. Die bemooste Steinplatte dahinter war fast zwei Meter hoch und um 30 bis 40 Grad nach hinten geneigt, aber nicht zufällig durch Alterung, denn alle Steine in der Allee standen so. In ungefähr zwei Drittel Höhe des Steins gab es links und rechts schmale Vorsprünge von ungefähr 30 cm Tiefe. Vielleicht waren sie als Halter für Laternen oder Blumen gedacht gewesen. Zu meiner Überraschung holte John nun das Regencape aus der Tasche, entfaltete es und zog es mir über den Mantel, allerdings ohne mir die Kapuze überzuziehen. Dann führte er mich zu dem Gedenkstein und drehte mich mit dem Rücken zu ihm. Er umfaßte fest meine Hüfte und hob mich kurz an, was ihm bei seiner kräftigen Gestalt nicht schwer fiel, zumal er einen Kopf größer war als ich mit meinen 1,76 m. Dann ließ er mich langsam nach hinten sinken und ich verstand auf einmal. Meine Oxford Pumps kamen so auf der Eisenstange zu stehen, daß diese quer im Zwischenraum zwischen Sohle und Absatz verlief, so als ob sie auf der Stange eines Barhockers stünden. Die vermeintlichen Laternenhalter schienen eine Art Armlehnen zu sein. Die konnte ich zwar nicht benutzen, aber sie entlasteten mich, indem ich mich mit den Ellenbogen darauf stützen konnte. Meine Schräglage tat ein Übriges, mich von meinem Körpergewicht zu entlasten. Das Cape diente nur dazu, meinen Mantel vor dem Moos zu schützen. Ich seufzte erleichtert. So eine Verschnaufpause hatte ich dringend gebraucht. John umrundete mich derweil und schien wie elektrisiert über mehrere Dinge zugleich nachzudenken.

"Hinten an der Steinplatte sind in der Höhe der Knöchel, der Taille und des Halses Ösen, an denen man Ketten befestigen kann. Stell dir doch mal vor, so wie mit dir könnte man diese Allee mit hilflosen lebendigen Statuen schmücken und sich lustwandelnd an deren Anblick ergötzen. Was ist hier nur los, ich rede ja selbst schon wie der Schloßherr persönlich. Ich muß nachdenken."

Er ging auf und ab und begann dabei, sich weiter zu entfernen. Was das für ein Gefühl sein würde, wenn man hier angekettet alleine gelassen würde, möglicherweise nicht durch Mantel und Cape geschützt, sondern im Gegenteil recht verführerisch ausstaffiert? Wenn man sich mit seiner Neigung nicht vor anderen verstecken müßte? In meiner Vorstellung tat sich ein Bild der Vergangenheit auf: An jede dieser Steintafeln war eine eng korsettierte Maid gekettet, natürlich alle in hohen Schuhen. Der Schloßherr ließ sich in einer geschlossenen Kutsche durch die Allee fahren und schaute sich, hinter einer Gardine verborgen, die Auslage an. Am Ende der Allee ließ er die Kutsche wenden und fuhr sie ein zweites Mal ab. Auf sein Zeichen hielt die Kutsche an und Bedienstete brachten diejenige, die er ausgewählt hatte, zu ihm hinein. Dann setzte sich die Kutsche in Richtung seine Privatgemächer in Bewegung...

"Jetzt weiß ich endlich, an was mich das erinnert. Es gab so etwas zur Stummfilmzeit in Hollywood. Ein sogenanntes Leaning Board.

Der Sinn war, daß sich Schauspielerinnen in Drehpausen auf diese Weise in ihren Kostümen ausruhen konnten. Denn für den optischen Eindruck tat man alles, ohne Rücksicht auf die körperliche Einschränkung der Darsteller. Teils wurden sie ohne Unterwäsche in ihre Kleider eingenäht. Beim Versuch, sich zu setzen, wären die Nähte geplatzt, selbst beim Atmen mußte man schon vorsichtig sein. Das war der Preis für das perfekte Aussehen. Und die Hausfrau, die so eine Göttin im Kino bewunderte, hatte keine Ahnung, wie es wirklich gemacht wurde. Was hat so etwas hier verloren?"

"Schatz, es wird bald dämmern. Ich hänge gerne mit dir herum, aber sollten wir nicht langsam wieder zurückfahren?"

"Laß mich raten - oder besser, ich gebe dir einen Tipp: Es ist viel einfacher, sich im Stehen ins Höschen machen, als sitzend im Auto."

Anderntags mußten wir beide wieder unserer Arbeit nachgehen. John als Ingenieur, der sich mit Anfang 40 fragte, ob er jemals etwas Praktisches austüfteln dürfte, was den Menschen den Alltag erleichtern würde. Immer nur Hilfskonstruktionen zu entwerfen, die schöne Designs retten sollten, mit denen in der Praxis niemand arbeiten konnte, befriedigte ihn schon lange nicht mehr. Bei mir sah es ähnlich aus. In einer Online-Redaktion stutzte ich Artikel zusammen, die dadurch nicht besser, aber öfter gelesen wurden. Immerhin hatten wir das Glück, öfter auch von zu Hause arbeiten zu können, auch wenn man das auf Abruf immer erst so kurzfristig erfuhr, daß man nicht planen konnte. Das waren dann trotz dem immer präsenten Leistungsdruck und Streß schöne Tage, wenn wir beide gemeinsam zu Hause sein konnten. Ich machte mich dann besonders hübsch für John und bekam von ihm abschließbare Manschetten für Hände und Füße angelegt, die meine Bewegungsfreiheit stark reduzierten. Er dankte es mir und kleidete sich auch zu Hause adrett in Stoffhose und Hemd, statt wie viele Männer im Jogginganzug herumzulungern wie ein Tagedieb. Manchmal rasierte er sich absichtlich nicht, was ihm gut stand. Leider war uns diese Woche das Vergnügen nicht vergönnt. Mit anderen Worten: der graue, oder besser, der vereinheitlichte Alltag hatte uns wieder. Frauen mit Kurzhaarfrisuren, gekleidet in Hosen und flachen Schuhen, wurden den Männern, die soft und verständnisvoll waren, immer ähnlicher. Die reizvollen Unterschiede waren dahin. Selbst in den Medien sah man gefühlsbetonte Frauen und richtige Kerle nur noch in uralten Wiederholungen. Kein Wunder, da die Gesetzgebung inzwischen bis ins eheliche Schlafzimmer vorgedrungen war. Man mußte sich schon fragen, ob es nicht einfacher und sicherer war, sich der käuflichen Liebe zu bedienen, als sich zu Hause im Rausch der Lust einen Prozeß aufzuhalsen. Das älteste Gewerbe der Welt war inzwischen vollkommen staatlich konzessioniert. Weniger wegen der bürgerlichen Doppelmoral, als vielmehr wegen der Steuereinnahmen und auch als soziales Ventil, weil es sonst mehr Vergewaltigungen geben würde. Immerhin gab es hier noch einen billigen Abklatsch von dem, was früher einmal frauliche Eleganz ausgemacht hatte. Von den Realitäten wieder eingeholt, saßen wir abends einigermaßen gefrustet beisammen.

"Wir ahnen doch beide, daß wir in Surrey einer Sache auf der Spur sind. Aber wenn wir heute die Rückmeldung an die Zeitkapsel-Registrierungsstelle geben würden, dann wäre es doch nicht gelogen, wenn wir schreiben würden, wir hätten nichts gefunden, oder?"

"Laß es mich so sagen: warum sollten wir diesen für uns wie geschaffenen Ort dadurch preisgeben, daß dort etwas gefunden wird, was andere auf ihn aufmerksam macht?"

"Du hast wieder einmal meine Gedanken erraten. So sei es, dort ist nichts. Hast du für das kommende Wochenende schon etwas Unaufschiebbares geplant?"

So fuhren wir erneut zu diesem seltsamen Ort. Wir konnten uns unsere Zeit nach Belieben einteilen, denn unser Bekanntenkreis hatte sich mit der Zeit in die virtuelle Welt verflüchtigt. In einer Zeit, da die Menschen häufig die Arbeit wechselten und ihr hinterher ziehen mußten, war das nicht verwunderlich. Der Bedarf an Anerkennung, Selbstverwirklichung und sozialen Kontakten ließ sich von jedem Ort der Welt aus befriedigen, indem man an einem der weit verbreiteten Online-Rollenspiele teilnahm. Die Kombination aus virtueller Gesellschaft und einfach zu erlangenden Belohnungen konnte zwar süchtig machen, aber immer noch besser als zu vereinsamen. Außerdem hatten wir wenig Freude daran, über die Dinge, die uns wirklich am Herzen lagen, mit Bekannten nicht offen sprechen zu können, weil es zu gefährlich war. Leider war ich dieses Mal nicht fixiert. John hatte Werkzeug im Kofferraum verstaut und war der Ansicht, daß ich ihm vielleicht zur Hand gehen müßte. Er hatte es sich aber nicht verkneifen können, mir vor der Fahrt einen Dildo in meine Muschi einzuführen und ihn mit einem strammen Miederhöschen zu sichern. Wie würde der kryptische Hinweis auf den Pfad der Untugend in der Praxis aussehen? Ich konnte mir das beim besten Willen nicht ausmalen, auch wenn ich mich so gestöpselt schon passend vorbereitet fand, um ihn zu betreten.

"Schau mal, jemand hat im Laufe der Woche den umgestürzten Baum in Stücke gesägt."

"Zum Glück ist der Zaun noch nicht repariert. Wir müssen heute unbedingt etwas finden."

Nachdem wir die Allee einmal hinauf und wieder hinunter gelaufen waren, waren wir erst einmal ratlos und ich ziemlich feucht im Schritt.

"Ich hätte mir vorstellen können, daß die Bepflanzung uns den Weg weist, aber das funktioniert nicht. Aber sonst gibt es hier im ersten Drittel der Allee doch nichts Besonderes. Falls jemand Schriftzeichen in einen der Bäume gekerbt hat, sind sie inzwischen vielleicht nicht mehr lesbar."

"Schriftzeichen... wo könnten wir denn sonst noch welche finden?"

"Dafür wären die 'Gedenksteine' wie gemacht, aber sie sind alle unbeschriftet, als wären sie nie vollendet worden."

"Komm, die müssen wir uns alle noch einmal genau ansehen."

Tatsächlich hatten wir etwas übersehen. Bei einem einzigen Stein fand sich ganz oben, verborgen unter Moos, ein Wort in gotischer Schrift eingemeißelt: *Sanctuary.* Hier waren wir richtig. Aber wie ging es weiter? John umrundete den Stein immer wieder, fand aber keinen weiteren Hinweis.

"Hast du keine Idee?"

Ich sah zwar nichts, aber als ich hinter dem Stein stand, merkte ich unbewußt, daß hier etwas anders war. Nur kam ich nicht darauf. So blöd ich mir dabei vorkam, ich ging das längere Stück bis zum nächsten Gedenkstein und ging um ihn ebenfalls herum. Als ich wieder zurückkam, fiel es mir auf: Es war der Boden unter dem Laub, hinter dem Stein, der anders war. Wir entfernten mit der Schaufel das Laub und fanden einen schmalen Plattenweg, der von der Allee weg in Richtung Wäldchen führte. Aber da war noch mehr. Wir kratzten mit der Schaufel das Moos von den ersten Platten des Pfades. Die Platten waren identisch, offenbar ein Steinguß aus ein und der gleichen Form. Auf ihnen zeichneten sich täuschend echte Spuren ab. Ein charakteristisches Dreieck mit einem Punkt darunter - als wenn jemand in High Heels kleine Schritte gemacht und dabei stets etwas in den Boden eingesunken wäre.

"Langsam wird mir das hier unheimlich. Ob das eine Falle der Behörden ist, um uns zu testen?"

"Red keinen Unsinn. Du hast doch an dem Moos gesehen, daß hier seit langer Zeit keine Menschenseele mehr gewesen ist. Deutlicher kann unser Wegweiser nicht sein. Das kann nur der beschriebene Pfad sein. Überleg doch mal, wenn das hier genauso alt ist wie das Haus, dann muß es seinerzeit extravagant und sündig gewesen sein."

"Mir ist es trotzdem nicht geheuer. Das scheint sogar meine Schuhgröße zu sein, schau doch mal."

Wir folgten dem schmalen Weg und landeten im Gebüsch. Wir kämpften uns hindurch und befanden uns nun im angrenzenden Wäldchen. Der Weg verlief in einem Halbkreis. Wir schienen uns wieder in Richtung des Pförtnerhauses zurück zu bewegen, es konnte nicht mehr weit entfernt sein. Da tat sich eine kleine Lichtung auf, die allerdings inzwischen auch schon von Gestrüpp bedeckt war. In ihrer Mitte stand ein kleiner ausgetrockneter Brunnen, an dem der Weg vorbeiführte.

"Was soll denn ein Brunnen mitten im Wald, den niemand sieht?"

"Den niemand sehen soll, wolltest du wohl sagen. Hier wurde so viel Aufwand betrieben, daß ganz sicher nichts von alledem Zufall ist. Schau dir mal die Figur obendrauf an, sie hat bestimmt auch eine Bedeutung."

Ich setzte mich auf den schmalen Brunnenrand, um die Figur zu betrachten, was zur Folge hatte, daß der Dildo tiefer in mich drang und mir ein wohliger Seufzer entwich, den John absichtlich überhörte.

"Für mich sieht das aus wie eine Frau, die so gekleidet ist, wie es wohl Mode war, als das alles hier entstanden ist. Ist wohl eher ein Winter-Outfit."

"Das stimmt nicht ganz, denn der Stil der Figur ist Art Deco, den gab es erst später. Außerdem täuscht der erste Blick, schau dir mal die Details genau an."

Die weibliche Figur trug einen Schal, der die untere Gesichtshälfte verdeckte, so daß der Mund nicht sichtbar war. Die schmale Taille verriet ein unter der Kleidung eng geschnürtes Korsett. Die Hände steckten in einem Muff. Der Rock sah als Gesamteindruck zunächst recht voluminös aus, was an der hinteren Schleppe lag, die wie ein vorne leicht offener Überrock anzusehen war. Genauer betrachtet, entpuppte er sich als enger Bleistiftrock, die Schleppe war nur zur Dekoration angefügt worden. Es war ungewöhnlich, daß der Rock so kurz war, daß die Stiefeletten von vorne sichtbar waren, während die Schleppe bis zum Boden reichte. Offensichtlich waren sie sehr hoch, schmal und spitz geschnitten und bis oben eng geschnürt.

"Geliebte Sklavin, es ist nichts anderes, als wenn ich dich bei unserem letzten Spaziergang verewigt hätte. Sie ist unter dem Schal ge-knebelt, die Hände sind in dem Muff gefesselt, mit dem Humpelrock kann sie nur kleine Schrittchen machen und ihre Stiefeletten kann sie auch nicht selbst ausziehen. Da steht dein Ebenbild aus einer anderen Zeit!"

"Das kann ich kaum glauben. Das ist doch bloß Spekulation. Erzähl mir nicht auch noch, daß sie wie ich einen Dildo trägt."

"Wer weiß? Aber ich bin mir sicher, daß ich mir nichts einbilde und daß mehr dahintersteckt, als man mit dem Auge sehen kann."

"Wo sind wir denn hier bloß gelandet?"

"Um das herauszufinden, sind wir hier. Komm, der Weg führt uns weiter."

Wie wir vermutet hatten, landeten wir auf der Rückseite des Pförtnerhauses, am Giebel. Links und rechts waren geschickt Hecken gepflanzt, so daß man sicher bereits zu Zeiten der Erbauung vom Tor aus ungesehen blieb. Einige Meter vor dem Haus hatten die Platten keine künstlichen Schuhabdrücke mehr. Aber es war sonnenklar, daß die Zeitkapsel hier versteckt sein mußte - und daß man nicht durch die Vordertür gehen konnte, um sie zu finden. Wenn die Theorie stimmte, daß die Brunnenstatue ebenso dezent 'pervers' war wie wir selbst, dann galt es, nach weiteren solchen Zeichen Ausschau zu halten, die ein Stino nicht erkennen würde.

"Ich hätte jetzt mit allem gerechnet, aber nicht damit, hier ägyptische Bilder und Hieroglyphen auf einer Steinplatte vorzufinden. Das bekommen wir doch niemals entschlüsselt."

"Die Begeisterung für alles Ägyptische war zur der Zeit, als das Gebäude errichtet wurde, groß. Es war eine regelrechte Mode-erscheinung, insbesondere unter reichen englischen Aristokraten. Trotzdem glaube ich nicht, daß der spleenige Erbauer es auf die Schriftzeichen angelegt hat. Die hätte irgendwann jemand ent-schlüsseln können, aber ich habe das Gefühl, daß er genau das nicht wollte. Es muß Details geben, die nicht stimmig sind, wie in einem Suchbild."

"Aber nicht etwa so ein Hirngespinst wie Prä-Astronautik? Sieht für mich nach einem Pharao und anderen Gestalten aus."

"Ich glaube eher, daß es sich um den Totengott Osiris handelt. Schau dir mal die beiden Zepter an, die er hält. Den Krummstab hält er verkehrt herum, mit dem gebogenen Ende nach unten, au-ßerdem ist an dem gebogenen Ende eine kleine Kugel. Die Geißel ist auch nicht, was sie zu sein scheint. Gib mir mal das Messer."

John begann, zunächst an dem Kreis zu kratzen, der die Kugel am Krummstab darstellte. Dann machte er sich an einem zweiten Kreis, der die Stelle zeigte, an der die Riemen am Stiel der Geißel befestigt waren, zu schaffen. Er hielt inne, drehte sich um und setzte ein unverschämtes Grinsen auf, was nur bedeuten konnte, daß er fündig geworden und mit sich selbst äußerst zufrieden war.

"Glaubst du, daß ein Durchschnittsmensch aus der Zeit um 1900 auf diesem Relief in den Händen von Osiris einen Analhaken und eine kurze mehrschwänzige Peitsche erkannt hätte?"

"Das ist nicht dein Ernst!"

"Und ob. Es ist genau für so Verrückte wie uns gemacht, alle an-deren können es nicht erkennen. Dann wollen wir mal! Alakazam!"

John drückte gleichzeitig auf die beiden Kreise und für einen Moment sah es so aus, als ob sie sich bewegen würden.

"War ja klar, daß das klemmt. Gib mir mal die Wasserflasche. Soll bei den alten Ägyptern beim Pyramidenbau auch geholfen haben, um die Reibung von Stein zu verringern."

Er bemühte sich, das Wasser in die Ritzen laufen zu lassen. Dann versuchte er es noch einmal. Tatsächlich! Die beiden Kreise ließen sich wie Knöpfe hineindrücken. Von innen war ein metallisches

Geräusch zu hören, gleich darauf sprang die ganze Steinplatte auf einer Seite einen schmalen Spalt vor, dann blieb sie hängen. Staub und Putz bröckelten ab. Die Platte war eine kleine versteckte Tür! Es bedurfte allerdings des vorsichtigen Ansetzens unseres Brecheisens als Hebel, um sie soweit zu öffnen, daß ein Mensch hindurchpaßte. Ich spürte den Dildo in mir wieder angenehm deutlich, als ich die Muskeln anspannte. Hier war seit ewiger Zeit niemand mehr gewesen. Hinter der Tür war ein schmaler Gang, in dem eine Treppe mit ungewöhnlich flachen und tiefen Stufen in einem flachen Winkel nach unten führte. Auf beiden Seiten waren Handläufe angebracht. Gut, daß John auch an die Taschenlampen gedacht hatte.

"Paß bloß auf! Bestimmt geht die Tür von selbst hinter uns zu und bestimmt sind hier überall Fallen eingebaut."

"Und bestimmt funktioniert eine Mechanik auch nach 100 Jahren ohne Wartung noch wie am ersten Tag. Du hast zu viele billig produzierte Abenteuerfilme geschaut! Oder vermutest du hier einen Steampunk am Werk, der hinter der alten Fassade moderne Technik versteckt?"

Es passierte tatsächlich nichts, die einzige Bedrohung war die abgestandene, stickige Luft. Der Raum war leer und schmucklos, bis auf eine Nische, in der eine Metallkassette stand. Über der Nische war eine weitere ägyptische Darstellung angebracht.

"Hoffentlich ist in der Zeitkapsel nicht seine Lordschaft als Mumie versteckt und wir sind dazu auserkoren, ihn wieder zu erwecken."

"Scheinbar hat es auf dich die gewünschte Wirkung. Findest du es nicht merkwürdig, wie die scheinbaren Wicklungen der Bandagen aussehen? Dieses Mal mußt du aber selbst drauf kommen. Du erhältst zu Hause auch eine Belohnung dafür."

"Mal sehen - ich hab's! Das ist ein Bodybag aus Stoff, mit angedeuteten Schnallen. Vielleicht mit geilen Innenarmtaschen?"

"Jetzt hast du den Bogen raus. Mal sehen, ob noch etwas in der Kassette ist, da ist nicht einmal ein Schloß dran."

Es war etwas darin. Es war real, nüchtern und doch seltsam, zumindest in dieser Umgebung. Ein mit Schreibmaschine auf eine Art dickes Fotopapier geschriebenes Dokument in einem

Umschlag. Auf keinen Fall so alt wie alles, was wir hier bislang vorgefunden hatten. Die Botschaft war einfach:

'*Der würdige Finder begebe sich zu dem Notar ... (den alteingesessenen Namen verschweigt der Autor aus Gründen der Diskretion). Er möge sich dort wegen der Nachlaßsache W.W. melden und das Kennwort B1-ZAR nennen. Dann wird ihm alles weitere offenbar werden. Ich hoffe, auch im Namen derer, die vor mir hier waren, daß diese Nachricht in einer besseren Zeit gefunden wird.*"

Sie war nicht unterzeichnet.

Das Vermächtnis

Wenn John eine Belohnung in Aussicht stellte, dann mußte ich manchmal auf der Hut sein. Ich paßte auf und fand heraus, daß er den Vorrat an großformatiger Klebefolie im Küchenschrank langsam aufstockte. Bestimmt kaufte er in verschiedenen Geschäften ein, um nicht aufzufallen. Ich konnte mir denken, was mich erwartete, als er eine Decke als Polster auf den Küchentisch legte und mir befahl, mich völlig nackt mitten in die Küche zu stellen.

"Die Bodybag-Mumie hat dich also inspiriert, mich in Folie zu verpacken? Männer sind leicht zu durchschauen, selbst wenn sie dominant sind. Nur zu, das haben wir schon lange nicht mehr gemacht."

"Du bist wieder einmal sehr vorlaut und hast mir wohl auch hinterher spioniert. Du wirst schon sehen, was du davon hast."

Was John machte, machte er gründlich. Zunächst umwickelte er meine Arme und Beine separat, um mir das Gefühl von Haut auf Haut zu nehmen. Die Hände bandagierte er in gestrecktem Zustand, so daß ich die Finger nicht mehr einzeln bewegen konnte. Dann wurde ich stehend mit seitlich angelegten Armen stramm eingewickelt, indem John mit der Folie um mich herum lief. So fühlte ich mich gleich viel sicherer als nackt, gleichzeitig aber auch als Objekt. Nur mein Kopf und die Füße blieben frei, außerdem schnitt John Löcher für meine Brustwarzen und für meine unteren beiden Öffnungen. Dort führte er vorne einen Vibrator ein und hinten einen aufblasbaren Plug. Das Kabel bzw. den Schlauch führte er aus der Folie heraus, dann sicherte er beide Spielzeuge mit Folie gegen Herausgleiten. Es fühlte sich gut an, gleichzeitig aufgespießt und gestöpselt zu sein. Ich fühlte mich sofort angeregt und freute mich schon auf das anstehende Vergnügen. John führte mich hoppelnd zum Küchentisch - Widerstand wäre zwecklos gewesen - und legte mich darauf in die richtige Position. An den Tisch wurde ich fixiert, indem John die Folie unter dem Tisch hindurch und oben über mich herum führte. Ich lag dort wie festgenagelt und konnte mich weder seitlich drehen noch die Beine anziehen. John küßte mich, stopfte meinen Mund mit einem größeren, eng zusammengeknüllten Tuch aus und verklebte auch ihn mit mehreren Lagen Folie. Als er mir dann auch noch die Augen verband, begann ich zu ahnen, daß die Belohnung aufgrund

41

meiner Vorwitzigkeit einen Beigeschmack bekommen könnte. So
also fühlte sich das Dasein einer Mumie an. Für den Augenblick
war alles gut, in mir begann der Vibrator auf der kleinsten Stufe
leise surrend seinen Dienst zu verrichten und ich merkte, daß der
Plug etwas aufgepumpt wurde. Ich konnte nicht sehen, was John
währenddessen tat, ob er mich bei einem Glas Wein genüßlich
betrachtete, ob er sich selbst befriedigte? An meinen Brustwarzen
wurde ich liebkost, was sie umgehend hart werden ließ. Doch
plötzlich spürte ich an ihnen sehr feste Klammern, gerade noch
irgendwie erträglich, aber wiederum auch stimulierend. Meine
nächste Wahrnehmung wußte ich nicht zu deuten, John schien eine
Stuhllehne so gegen meine Füße gestellt zu haben, daß sie im
rechten Winkel zum Körper standen. Wenn er zu basteln anfing
und seine Begeisterung für Technik in gemeine Ideen umsetzte,
dann wurde es ernst, das wußte ich nur zu gut. Ich war selbst
schuld, warum hatte ich auch einen Ingenieur als Partner. Dann
fummelte er auch noch an meinen Zehen herum und schien eine
Schnur fest an ihnen zu verknoten. Ich spürte auch ein leichtes
Ziehen an meinen Brustklammern, kam aber nicht weiter zum
Nachdenken, weil John den Vibrator höher gestellt hatte und
außerdem der Plug in mir größer aufgepumpt wurde. Ich lief
langsam heiß, begann zu stöhnen und überließ mich ganz meiner
Lust. Unfähig, mich bewegen oder sehen zu können, konnte ich
mich völlig fallen lassen. Nichts lenkte mich ab, vor allem aber
konnte ich mich richtig gehen lassen. Niemand würde mein
Gestöhne und meine minimale Gegenwehr überhaupt mitbekom-
men, außer John, der wiederum dadurch erregt wurde. Ich konnte
absolut nichts falsch machen und mein Gehirn auf Durchzug schal-
ten. Ich wurde zu einem Ding. Es war besser als jeder Drogen-
rausch. Ich spürte, daß der Vibrator höhergestellt wurde, während
aus dem Plug etwas Luft abgelassen wurde. Das steigerte meine
Geilheit weiter und ließ mich klatschnaß werden. In diesem
Schwebezustand hielt John mich eine Weile. Es war wunderbar, ich
hatte bereits mehrere Mini-Orgasmen und schon alle bösen Hinter-
gedanken vergessen. Dann wurde ohne Vorwarnung der Vibrator
auf die höchste Stufe gestellt und der Plug mächtig aufgepumpt,
so daß ich ins Schwitzen kam. Kurz darauf wurde die Stuhllehne
hinter meinen Füßen weggenommen und dann erlebte ich meine
perfide Lustfolter. John begann, meine Fußsohlen mit einer Feder
zu kitzeln. Da ich kitzelig bin, verfehlte das seine Wirkung nicht,
ich stöhnte vor Lust und kicherte gleichzeitig vor mich hin, was

außen durch den Knebel sicher nur gedämpft ankam. Automatisch krümmte ich meine Füße nach unten und im gleichen Moment wurde unerträglich und schmerzhaft an meinen Brustklammern gezogen. Von dieser Reizüberflutung war ich zunächst völlig erschlagen. Da aber alles gnadenlos weiterging, hatte ich keine Zeit zum Nachdenken. Aber ich merkte rasch, daß John meine Füße mit einer Schnur mit meinen Brustklammern verbunden haben mußte. Wenn ich einen Fuß krümmte, zog es an einer Brust, und zwar über Kreuz. Dieser Schuft hatte mal wieder ganze Arbeit geleistet. Ich versuchte, mich zu konzentrieren und meine Füße still zu halten. Weil sie aber die einzige Möglichkeit waren, mich durch Bewegung abzureagieren, krümmten sie sich ganz von selbst, wenn sie gekitzelt wurden, ich konnte absolut nichts dagegen machen und bestrafte meine Brüste quasi selbst. John ließ immer nur kurz ab, damit ich genug Luft schnappen konnte, dann kitzelte er mit der Feder ohne Pardon weiter. Die luftundurchlässige Folie war schon schweißtreibend genug, aber bei dieser Behandlung kam ich mir vor wie in einer Sauna. Die Spielzeuge in meinen beiden Löchern genügten schon, um mich über längere Zeit um den Verstand zu bringen. Die zusätzliche Folter durch Kitzeln und Schmerzen an den Brustwarzen gab mir den Rest. Ich wußte nicht mehr ein noch aus, es fühlte sich an wie fliegen, ich vergaß alles andere und war nur noch ein lüsterner Körper, der nicht genug bekommen konnte. Meine Lust vermischte sich mit dem Schmerz, alles wurde eine einzige Raserei. Gedankenfetzen huschten vorbei - ich verdiente eine Bestrafung, ich hätte gehorsam sein und meinen Mund halten sollen - niemand außer meinem Geliebten könnte mich jemals so in den Wahnsinn treiben - niemandem außer ihm würde ich je wieder so vertrauen, nie jemand so an mein Inneres heranlassen und ihn völlig über meinen Körper bestimmen lassen. Der Vibrator summte unter Höchstleistung, der Plug war zum Bersten aufgepumpt, meine gekitzelten Füße krümmten sich willenlos und meine Brustwarzen fühlten sich an, also ob sie bereits blutig wären. Es hatte sich so viel in mir aufgestaut, daß es sich genau jetzt entlud. Ich schrie es aus mir heraus, natürlich vergeblich in den Knebel, und hatte einen heftigen Orgasmus in mehreren Wellen. Ich erinnere mich noch, daß das Kitzeln aufhörte, dann schwanden mir die Sinne und ich fiel ohnmächtig ins Reich der Träume.

Da hatte ich meinem hilflosen Püppchen doch ein wenig viel zugemutet. Es ist für den Dom immer schwer, ohne verbale Rückmeldung oder die Möglichkeit des Beobachtens der normalen Körperbewegungen abzuschätzen, wie es der Sub gerade geht. Aber hier war der Fall klar. Ich entfernte sofort den Tuch-Knebel, damit sie wieder Luft bekam, sowie die Augenbinde. Dann stellte ich den Vibrator ab, ließ die Luft aus dem Plug und griff zu der stets bereitliegenden Schere. Ich zerschnitt die Schnur zwischen den Brustklammern und Füßen und seitlich die Folie, die meinen Schatz an den Tisch fesselte. Dann hielt ich ihre Beine hoch und begann vorsichtig, die Folie zwischen den Schenkeln aufzuschneiden. Danach befreite ich Oberkörper, Arme und Beine davon. Würde sie nicht ohnehin stets gewissenhaft ihren Körper enthaaren, wäre das auch eine Methode, kam es mir in den Sinn. Ich entfernte den Vibrator und den Plug und merkte, daß sie sich schon wieder etwas zu rühren begann. Ich entfernte auch die Brustklammern und noch einige Folienreste. Ich griff mir ein Handtuch und rieb ihr den Schweiß kurz ab, dann trug ich sie vorsichtig ins Schlafzimmer. Ich legte sie gleich ins Bett und zog ihr die Decke über, damit sie sich nicht erkältete. Ich legte mich dazu und wachte über sie. Sie blinzelte einmal kurz, erkannte mich, klammerte sich an mich und schlief tief und fest ein. Da war bei mir wieder dieses Gefühl, zu beherrschen und dafür geliebt zu werden. Unendliches Vertrauen zu erhalten. Es ließ sich mit nichts anderem vergleichen und nicht mit Geld kaufen. Während ich so neben ihr lag, beschäftigte mich der Gedanke, ob wir zu dem Notar fahren sollten oder nicht.

Wir sprachen am nächsten Morgen beim Frühstück darüber. Vanessa hatte sich ausgeschlafen, schaute glücklich drein und war wieder topfit.

"Wie möchtest du deine Eier?"

"So was arbeitet nun in einer Redaktion. Es heißt *die* Eier. Damit du es weißt: Genauso hart wie meinen Schwanz."

"Ich bitte um Entschuldigung. Darf ich es nach dem Frühstück wieder gutmachen und dich an meiner Morgengymnastik teilhaben lassen?"

Ich durfte. Nachdem wir gefrühstückt hatten, ging ich ins Schlafzimmer und zog mich um. Ich wählte eine hautfarbene, blickdichte Strumpfhose und einen dunkelblau glänzenden Lycrabody mit langen Armen. Meine Haare band ich mir hinten zusammen. Außerdem legte ich zwei weiße Seile mittlerer Länge bereit. John betrat das Zimmer. Wortlos drehte ich mich um und verschränkte meine Hände hinter dem Rücken, die er sogleich fest verschnürte. Dann setzte ich mich auf die Bettkante und bekam nun die Füße in paralleler Stellung eng gefesselt. Die Schnürung lief auch unter den Fußsohlen hindurch. John zog sich aus und legte sich entspannt aufs Bett. Sein Glied war zwar nicht schlaff, aber auch noch nicht richtig in Form. Ich hob die Beine aufs Bett und rutschte und drehte mich so lange hin und her, bis ich die richtige Position gefunden hatte. Dann begann ich, mit meinen Füßen nach Johns Glied zu tasten. Die enge Fesselung half mir dabei, ich hätte sonst mehr Kraft aufwenden müssen, um meine Füße beieinander zu halten. Der Anfang bei so einem Footjob war immer am schwierigsten. Ich weckte seinen kleinen Prinzen zärtlich und vorsichtig auf, umgarnte und streichelte ihn, bis er zu seiner vollen Pracht heranwuchs. Bald zeigte sich der erste Glückstropfen. Ich stützte mich hinten mit meinen gefesselten Händen ab, trotzdem war es anstrengend und der Begriff der Gymnastiübung mehr als zutreffend. Jetzt bloß nicht nachlassen, sonst schrumpfte Johns bester Freund wieder und ich müßte von vorne anfangen.

"Was meinst du, sollen wir zu diesem Notar gehen oder lieber nicht? Ich habe heute morgen nachgesehen, es gibt tatsächlich einen Nachfolger, der die Geschäfte weiterführt. Du machst das gut, hör bloß nicht auf. Habe ich dir heute schon gesagt, wie gern ich dich habe?"

"Danke, mein Herr. Du weißt, daß ich alles tun würde, um dich zufrieden zu stellen. Puh, anstrengend ist es aber doch. Egal, ist sicher gut für meine Figur. Was unseren Fund angeht: Für eine Falle ist der Aufwand zu groß und viel zu lange ist niemand mehr in diesem Raum gewesen. So etwas würde man heute nur noch digital im Internet machen, aber nicht mehr real. Gut so oder lieber etwas fester?"

"Gut so, aber etwas mehr oben. Ich denke auch, daß wir es riskieren können. Schlimmstenfalls ist es ein böser Spaß, wie man ihn einst Edgar Allen Poe nachgesagt hat. Aber das riskieren wir."

45

"Was hat der denn angestellt?"

"Er hat aus einer Sektlaune heraus spontan seinen zehn besten Freunden eine anonyme Depesche geschickt, die lautete *'Flieht, alles ist entdeckt!'*. Drei von ihnen sollen daraufhin über Nacht die Stadt verlassen haben."

"Hihihi, das würde heute sicher auch noch funktionieren."

Vor lauter Lachen entglitt mir sein Schwanz und John schaute mich tadelnd an.

"So bringst du mich sicher nicht zum Höhepunkt. Ich werde dir beibringen, dich besser zu konzentrieren. Steh auf und stell dich mit dem Rücken an die Wand."

Ich gehorchte, indem ich mich mit den gefesselten Füßen zentimeterweise der Wand näherte. Beim Gehen und Stehen waren die Fesseln viel enger als im Liegen.

"Lehn dich mit dem Rücken an die Wand. Gut so. Und jetzt stellst du dich auf halbe Spitze, nur auf die vordere Fußhälfte. So bleibst du, bis du nicht mehr kannst. Und schau mich dabei an!"

Ich weidete mich an ihren flehenden Blicken. Ich wußte genau, wie die Fesseln in dieser Stellung einschneiden würden. Wie schön sie ihre Brüste vorstreckte - wer schön sein will, muß leiden. Ich beobachtete, wie sie gegen die Ermüdung ihrer Muskeln ankämpfte. Es machte mich an; gleichzeitig fühlte ich mit ihr, was ich ihr aber nie sagen würde. Als sie nicht mehr konnte und erschöpft flach auftreten mußte, ließ ich Gnade walten. Sie durfte sich auf die Bettkante setzen, ich legte mich auf den Boden. Mit ihren sicher noch schmerzenden Füßen brachte sie mich aus dieser bequemeren Position gekonnt zur Erektion.

Das Notariat hatte tatsächlich auf die Bitte um einen Termin zur Nachlaßsache W.W. reagiert. Damit war klar, daß es keine Einbildung war. Wir begannen, uns gegenseitig damit verrückt zu machen, was wohl dahintersteckte, denn wir wußten ja noch nicht einmal, wofür die Abkürzung stand. Am verabredeten Tag kleideten wir uns so unauffällig wie möglich und fuhren mit der Tube. Im Grunde war das völliger Quatsch, denn der Überwachungsapparat hatte möglicherweise bereits unseren Mailverkehr mit dem Notariat gelesen oder uns per Gesichtserkennung mitten aus der Menschenmasse herausgepickt. Aber es gab uns irgendwie ein besseres Gefühl und es würde uns zumindest davor schützen, unterwegs wegen verdächtiger Kleidung oder unangemessenem Verhalten zufällig angehalten zu werden. Wir waren ohnehin schon nervös genug, vor Angst, uns gleich aus Unwissenheit zu blamieren. Der Notar residierte in einem modernen Gebäude, welches ganz im Gegensatz zu dem stand, weswegen wir vermutlich hier waren. Als wir zu ihm ins Büro gebeten wurden, relativierte sich dieser Eindruck etwas. Der Notar war um die 60 Jahre alt und strahlte Seriosität und Ruhe aus. Seine Erscheinung schien in dieser zeitgemäß-kühlen Umgebung irgendwie fehl am Platz zu sein. Immerhin, die technische Ausstattung auf seinem Schreibtisch war der neueste Standard.

"Sie kommen also wegen der Nachlaßsache W.W. Um unberechtigte Ansprüche abzuwehren, haben Sie bitte Verständnis dafür, daß ich Ihnen vorab einige Fragen stellen muß. An welchem Ort haben Sie die Information erhalten, daß Sie sich wegen das Nachlasses bei uns einfinden sollen?"

"Ich kann Ihnen leider keine genaue Anschrift oder Kontaktperson nennen. Es geschah in einer abgelegenen Allee in Surrey, die nächste Nachbarschaft ist vermutlich Witley Park."

"Das genügt mir. Sie haben es durchaus treffend beschrieben, obwohl ich selbst nie dort war. Sie müßten auch in den Besitz eines Kennwortes gelangt sein, welches der Beweis dafür ist, daß sie tatsächlich am richtigen Ort gewesen sind. Bitte schreiben Sie es auf dieses Blatt Papier, mit Datum und Ihrer Unterschrift."

Ich schrieb: 'B1-ZAR'.

"Sehr schön. Daß ich das noch erleben darf, kurz bevor ich in den Ruhestand gehe. Bitte gedulden Sie sich einen Moment. Diese Akte ist sehr alt und ich habe aus Respekt vor der Vergangenheit dafür gesorgt, daß solche Vorgänge bei uns nie komplett digital abgelegt wurden. Mein Nachfolger wird es gewiß nicht mehr so handhaben, leider."

Er verschwand und ließ uns alleine. Wir sahen uns fragend, aber auch hoffnungsvoll an. Wir hatten alles richtig gemacht und die Türen öffneten sich für uns. Wohin würde uns das führen? Er kam mit zwei altmodischen Aktenordnern zurück, auf deren Rücken wieder nur "W.W." stand. Er öffnete den ersten.

"Es tut doch gut, wieder einmal richtiges Papier in den Händen zu halten, so wie früher. Eine Frage habe ich noch. Wie würden Sie das Kennwort aussprechen und was halten sie von dieser Fotografie?"

Wir starrten gebannt auf das großformatige Schwarzweiß-Foto, welches er uns unvermittelt unter die Nase hielt. Es schien aus den 1950er Jahren zu stammen und zeigte ein umwerfend hübsches Pin-Up mit Ponyfrisur und bemerkenswerter Hüfte. Sie trug Dessous und High Heels der damaligen Mode. Sie war gefesselt und geknebelt und schaute, gekonnt gespielt, entsetzt in die Kamera. Wir waren zunächst etwas überfordert.

"Bizarr!"

"Perfekt. Das Leuchten in Ihren Augen ist mir Bestätigung genug. Ich muß jetzt diese Fotografie vernichten."

"Nein, tun sie das nicht! Warum denn nur?"

"Aus Gründen der Diskretion und weil es so für alle Beteiligten sicherer ist. Aber Ihr Aufschrecken ist ein weiteres eindeutiges Zeichen, daß Sie richtig sind. Trotzdem dürfen wir kein Risiko eingehen, denn ich brauche Ihnen nicht zu sagen, daß solche Dinge heute nicht mehr opportun sind. Früher hätte ich das Foto theatralisch mit einer guten Zigarre angezündet und im Aschenbecher schwelen lassen. Aber heutzutage muß es der schnöde Aktenvernichter tun. Ich habe zwar mit solchen Sachen wie auf dem Foto nichts am Hut, aber ich respektiere den Stil und den Freigeist, den es ausdrückt."

Wir konnten noch einen Blick auf den unten auf dem Bild klein eingedruckten Namen werfen: 'Bettie Page'. Dann zog es der Aktenvernichter gnadenlos ein. Der Notar wirkte erleichtert.

"Zurück zum Geschäft, mehr muß ich darüber nicht wissen. Also: Es geht hier nicht darum, daß Sie nachweisen müssen, mit einem Verstorbenen verwandt zu sein. Vielmehr wurde ein Trust errichtet, und zwar ein Testamentary Trust, also ein Trust auf den Tod. Dieser wiederum in der Form eines Strict Trusts. Ich habe also genaue Vorgaben bekommen, was ich als Trustee, als treuhänderischer Verwalter, zu tun habe. Ich habe keinesfalls freie Hand. Die Ausgestaltung steht in diesem Dokument, dem Trust Deed, der vor vielen Jahren in diesem Notariat beurkundet wurde. Damals noch in einer solchen Anlässen würdigeren Umgebung."

"Aber von wem und zu welchem Zweck? Wir tappen immer noch im Dunkeln, abgesehen davon, daß es, wie soll ich sagen, eine Art Geistesverwandtschaft zu geben scheint. Wer ist dieser W.W.?"

"Den Namen darf ich Ihnen hier und heute noch nicht verraten, aber seien Sie versichert, daß er Ihnen später durch andere Dokumente bekannt werden wird. Der Settlor, also der Errichter des Trusts, der übrigens nicht die Initialen W.W. hat, hat bestimmt, daß er auf unbestimmte Zeit errichtet wird und nicht aufgelöst werden kann. Umgangssprachlich gesagt, er lebt ewig. Sie haben sich eben durch die richtigen Kenntnisse als rechtmäßige Beneficiaries, als Begünstigte, qualifiziert."

"Das verstehe ich nicht. Wir sind Begünstigte, erben aber nichts, weil der Trust nicht aufgelöst werden kann?"

"Ein weiser Mann hat einmal gesagt: Eigentum ist das, was man damit machen kann. Es gibt genug Schloßbesitzer, die ihre Ländereien Stück um Stück verkaufen mußten, um die Dächer reparieren zu lassen und um die Heizkosten aufzubringen, wenn sie ihr Heim nicht als Museum für die Öffentlichkeit zugänglich machen wollten. Der Settlor hat weit vorausgedacht. Es hätte geschehen konnte, daß heute jemand hier sitzt, der die richtige Gesinnung mitbringt, aber auch ein armer Schlucker ist. Ihnen beiden wird das Grundstück mit der Allee samt dem Pförtnerhäuschen übereignet. Es wird Ihnen zum Vermächtnis gemacht, das Gebäude zu erhalten und dessen Inhalt angemessen für zukünftige Generationen zu bewahren, was auch immer das genau bedeuten mag. Der Trust hat noch eine weitere Funktion. Er ist gut mit Mitteln ausgestattet und sorgt als Support Trust für die Zahlung der einmaligen Erbschaftssteuer, für die Begleichung notwendiger Reparaturen und für die Entlohnung des Verwalters, den Sie noch kennenlernen werden. Von Ihnen wird also hauptsächlich verlangt, mit dem Anvertrauten verantwortungsvoll umzugehen. Ich möchte Ihnen einen Rat mit auf den Weg geben: Es ist oft besser, nicht prominent zu sein und nicht in den Geschichtsbüchern aufzutauchen, wenn man etwas über lange Zeit sicher bewahren will, was einem sehr am Herzen liegt."

"Hm - da hat sich jemand wirklich Gedanken gemacht. Wie wird das nun weiter abgewickelt?"

"Ganz einfach. Ich benötige Ihre Identifikationskarten, um alles Notwendige veranlassen zu können. Sie erhalten über alle einzelnen Schritte Nachricht von mir. Hier sind die Kontaktdaten des Verwalters Scott. Ich werde Sie avisieren. Er wird Ihnen vor Ort weiterhelfen und die Schlüssel zu dem Haus übergeben. Vereinbaren Sie einfach einen Termin mit ihm."

Wir plauderten noch einen Moment, dann wurden wir verabschiedet. Wir waren in einer schwer zu beschreibenden Stimmung. Vielleicht trifft es das Beispiel einer öffentlichen Versteigerung von Fundsachen am besten. Man bietet auf einen teuer aussehenden Koffer und hofft, daß der Inhalt ebenso wertvoll sein möge. Während die Versteigerung läuft, wagt man nicht, das auszusprechen oder auch nur zu laut zu denken. Nur eines war sicher: Das nächste Wochenende konnte nicht schnell genug kommen, hoffentlich könnten wir bis dahin einen Termin mit Scott machen.

Scott war in unserem Alter, aber das war auch schon die einzige Gemeinsamkeit. Offensichtlich hatte er mit seinem Verwalter-Job das große Los gezogen. Er überarbeitete sich sicher nicht, ließ den lieben Gott einen guten Mann sein und war mit sich und der Welt zufrieden. Er machte einen etwas schmierigen Eindruck, aber seine Bauernschläue, die ihn instinktiv davon abhielt, zu viele Fragen zu stellen, könnte uns nützlich sein. Wer würde schon so einen Job wegen zu großer Neugier aufs Spiel setzen?

"Was Sie da vom Ende der Allee aus sehen, ist das Anwesen von Witley Park. Ist Privatbesitz, da kommt keiner rein. Außer Sie nehmen an einer dieser vornehmen Tagungen teil, für die dort die ehemaligen Stallungen vermietet werden. Nennt sich Konferenzzentrum. Ich will gar nicht wissen, was die da auskochen. Auf jeden Fall lassen die es sich da gutgehen. Wenn das der olle Wright miterlebt hätte..."

"Wer war das?"

"Na, der Erbauer von Witley Park natürlich, Whitaker Wright. Früher haben auch die Ländereien rundum dazugehört, ganz sicher hat er auch das gebaut, was Ihnen jetzt gehört. Muß ein feiner Kerl gewesen sein, hat meinen Vorfahren hier gut bezahlte Arbeit verschafft, das ist in der Familiengeschichte überliefert. Hat aber am Ende wohl die Kurve nicht gekriegt, schade."

"Nun gut. Wir haben jetzt die Schlüssel und werden uns ein wenig umsehen, um herauszufinden, was wir mit unserem unerwarteten Besitz anfangen sollen. Verkaufen wollen wir es eigentlich nicht, es hat so etwas Romantisches und lädt zu Spaziergängen am Wochenende ein. Zu ungestörten Spaziergängen am Wochenende, Sie verstehen?"

"Vollkommen. Ich habe hier sowieso nur unter der Woche zu tun und sehe keinen Grund, das zu ändern! In dem Haus ist ja auch nicht viel Spannendes drin, Sie werden sehen. "

"Sehr schön, ich denke, wir verstehen uns. Machen Sie einfach alles so weiter wie bisher. Wenn wir etwas brauchen oder wissen wollen, rufen wir Sie an."

Im oberirdischen Teil des Gebäudes fanden wir eine alte, mit Tüchern abgedeckte Einrichtung, die für kürzere Aufenthalte gedient haben konnte. Es gab ein Sofa, auf dem man auch schlafen konnte, einen Kamin, Tisch und Stühle, eine Küchenanrichte, eine nicht funktionierende Handpumpe für Wasser mit einem Becken darunter, einen Gasherd und ein abgeteiltes stilles Örtchen. Einen Stromanschluß gab es nicht. Das WC war an ein Rohr angeschlossen, welches nach außen in eine Grube führte. Der Gasherd hatte keinen Anschluß für eine Flasche, aber eine Leitung führte in die Wand. Vielleicht war der Anschluß draußen. Das war wohl das sogenannte rustikale Landleben. Aber egal, wie es hier drinnen ausschauen mochte. Das Ganze war jetzt schon ein Freiraum, ein Ort, wo wir uns auch draußen ungestört ausleben konnten. Erst jetzt wurde uns klar, wie eingeschränkt unsere Lebensqualität dadurch war, daß wir fast alles nur zu Hause im stillen Kämmerlein tun konnten. Schließlich traten wir die Rückfahrt an.

"John, darf ich dich an deine Pflichten als Herrn erinnern? Du ver-

51

nachlässigst mich. Auf dieser Fahrt war ich schon wieder nicht fixiert. Nicht einmal Korsett und Strümpfe mit Strapsgürtel hast du angeordnet. Hoffentlich lenkt dich unser neuer Besitz nicht zu sehr ab."

"Wenn man nicht Nettes zu sagen hat, kann man auch einfach mal still schweigen oder riskieren, geknebelt zu werden. Aber ich wette, du schmollst, weil wir nicht dageblieben sind, um mehr herauszufinden."

"Die Wette hast du schon gewonnen. Einfach so abzurauschen, obwohl wir kurz vor dem Ziel waren. Ist mir auch egal, wenn du mir den Mund stopfen wirst!"

"Soviel habe ich von der Sache inzwischen verstanden, daß unser hektischer Begriff von Zeit hier nicht gilt. Außerdem ist es nur so wirklich sicher. Wir werden ganz bewußt nicht gleich am nächsten Wochenende wiederkommen, sondern etwas Gras über die Sache wachsen lassen. Sollte Scott uns anfangs nachspionieren, wird ihm das bald langweilig werden."

"Was, noch so lange warten? Das ertrage ich nicht!"

"Dagegen gibt es ein gutes Mittel. Warte ab, bis wir wieder zu Hause sind..."

John hatte mich mit Stricken an einen Stuhl gebunden, der an einem kleinen Tisch stand. Ich trug mein sehr eng geschnürtes schwarzes Korsett, schwarze Strapse mit Hüftgürtel, selbstverständlich kein Höschen und meine 15 cm hohen roten Lack-Pumps mit Fesselriemen, die wir seit Jahren nur zu besonderen Anlässen aus dem Schrank holten. Also mußte das, was gerade mit mir passierte, John etwas bedeuten. Mein Outfit war natürlich die Retourkutsche für meine jüngsten Äußerungen. Zum Glück dachte mein Schatz mit und hatte die Heizung höher gestellt. Auf dem Tisch stand unser uralter Laptop mit dem kaputten Akku. Ich trug Handschellen an einer Taillenkette, wie eine Strafgefangene im Vollzug. Zusätzlich waren diese mit einer kurzen Kette nach oben hin mit meinem Halsband verbunden. Ich konnte meine Hände nur in ungefährer Höhe der Tastatur halten und weder die Knoten der Stricke unten noch meinen Mund oben erreichen. Durch das Korsett konnte ich nur gerade sitzen und mich nicht bücken. Das war alles gut durchdacht. John hatte bewußt nicht unseren (zu) intelligenten Fernseher als Zugang zum Netz vorgesehen, obwohl der mit Sprachsteuerung viel bequemer zu bedienen war. Nur gab es da zwei Probleme: Das Ding hörte alles mit und schickte es weiter, wenn man vergaß, es nach jedem Update wieder aufs Neue zu überlisten. Und ich hatte einen Ballknebel fest im Mund, der noch zusätzlich durch Klebeband darüber gesichert war. Nachdem ich so fixiert worden war, schaute ich John fragend an.

"Du hast beim Maulen auf der Rückfahrt Eines vergessen: Der ver-mutliche Erbauer des Gebäudes, W.W., kann nur dieser Withaker Wright sein, den Scott erwähnt hat. Es fällt in dein Berufsressort, über ihn erste Recherchen anzustellen. Du siehst, wir müssen bis zur nächsten Fahrt keinesfalls untätig herumsitzen - selbst wenn du dich momentan nicht allzu viel rühren kannst. Du suchst jetzt brav nach Informationen und kopierst alles schön übersichtlich in ein einziges Dokument. Du hast eine Stunde Zeit. Ich werde in-zwischen ganz entspannt in der Badewanne relaxen. Sei fleißig, denn wenn ich mit dem Ergebnis nicht zufrieden bin, wirst du so lange jeweils eine weitere Stunde hier sitzen, bis du genug heraus-gefunden hast."

Ich nickte gehorsam und vertraute auf meine Fähigkeiten. John verschwand aus meinem Sichtfeld. Bald war im Raum nur das Klackern meiner Handschellen und das kaum hörbare Klicken der Tasten zu hören. Ein altmodisches, aber anheimelndes Geräusch - so wie aufziehbare, tickende Wanduhren aus Urgroßvaters Zeiten, wie man sie hin und wieder noch in Museen und Antiquitätenläden sah.

Meine Befürchtung, vielleicht doch nicht genug Material finden zu können, hatte sich schnell ins Gegenteil verkehrt. Die Stunde ver-ging wie im Flug. John erschien im Bademantel, stellte wortlos einen Stuhl verkehrt herum hinter meinen und setzte sich breit-beinig darauf. Ich öffnete das Dokument mit meinen gesammelten Werken, so daß er mir über die Schulter blicken und es lesen konn-te. Schätzungsweise als er den ersten Bildschirm bis unten gelesen haben mußte, spürte ich seine Hände an meinen Brüsten und einen kurzen, sanften Druck seiner Finger auf meinen Brust-warzen, die sich spontan entschlossen, steif zu werden. Ich begriff und scrollte herunter zum nächsten Bildschirm. Wie fast immer verstanden wir uns instinktiv. Er drückte auf meine Knöpfe und ich scrollte weiter. Als ich bösartigerweise, scheinbar ganz aus Versehen, zu weit scrollte, kniff er mich mit seinen Fingernägeln in meine Nippel und ich hatte wenig Lust, das noch einmal zu probieren. An einer Stelle meiner Recherche, die ihn einfach faszinieren mußte, hätte jeder andere Mann vermutlich 'wie geil!' gesagt - John griff mir einfach in den Schritt und begann, dort angeregt und anregend herumzufingern, während er die gleiche Textstelle mehrmals zu lesen schien und sich an den Bildern, die ich eingefügt hatte, scheinbar nicht sattsehen konnte. 'Das ist das wahre Teilen von Informationen im Netz' schmunzelte ich innerlich. Mein Vorurteil bezüglich unserer seltsamen Erbschaft war verflogen. Was John dort las, schien seine Phantasie anzuregen. Als er zu Ende gelesen hatte, löste er die Stricke und ließ mich aufstehen, was ich in meinen hohen Absätzen vorsichtig tat. Durch sie waren meine Hände genau in der richtigen Höhe. John streifte den Bademantel ab und trat vor mich. Ganz selbstverständlich begann ich, sein Glied zu massieren, während er sich meinen Brüsten widmete. Ich wünschte, er würde meine Lippen dort unten berühren, die ich nicht selbst erreichen konnte und durch die er scheinbar auch nicht eindringen wollte. Der Gedanke, ganz auf ihn angewiesen zu sein, erregte mich, wie stets. Das wiederum veranlaßte mich, mich noch liebevoller und intensiver mit seinem Penis zu beschäftigen, denn nur so konnte ich meine Lust ausleben. Mir ging durch den Kopf, daß ich sein Teil wenigstens in meinem Mund spüren wollte, aber selbst wenn ich mich bereitwillig vor ihm hinknien würde, wäre da immer noch der Knebel. Das hatte er sich wieder fein ausgedacht! Streik kam auch nicht in Frage, wer weiß, was ihm dann wieder einfiel. Weglaufen versprach mit den 15 cm-Absätzen wenig Erfolg und durch die Fesselriemen war ich in diesen Schuhen gefangen. Der Kerl ließ sich gründlich verwöhnen und hatte Ausdauer. Aber er liebte mich eben doch und verriet mir das, indem er erst zum Höhepunkt kam, nachdem er sich gnädigerweise mit geschickten Fingern meiner Spalte angenommen hatte und mich dermaßen zum Vibrieren gebracht hatte, daß er mir sicherheitshalber stützend einen Arm um die Taille gelegt hatte.

Ich war mit meiner Vanessa sehr zufrieden, sowohl was ihre Recherche anging, als auch das nette Drumherum, man lebt ja schließlich nur einmal. Wir lagen abends im Bett, sie war völlig frei und konnte unter anderem deswegen nicht einschlafen.

"Gehen dir diese unglaublichen Dinge auch nicht aus dem Kopf?"

"Wie könnten sie. Ich verstehe nicht, daß ich von diesem Mann noch nie zuvor etwas gehört habe. Was für ein bemerkenswertes Leben! Komm, ich muß mir das einfach noch einmal ansehen."

Wir gingen noch einmal an unseren Laptop.

"Sein Vater war Methodisten-Pfarrer und seine Mutter die Tochter eines Schneiders. Da haben wir es schon, Disziplin und Rituale haben ihn ebenso geprägt, wie er vermutlich einen Bezug zu Kleidung hatte. Außerdem könnte ihm in seinen jungen Jahren beim Puritanismus der Methodisten etwas gefehlt haben, was er später durch seinen aufwendigen Lebensstil mehr als nachgeholt hat. Aufgewachsen in England, nach dem Tod des Vaters wandert die Familie nach Kanada aus. Hier heiratet er die hübsche Anna. Vielleicht bilde ich es mir nur ein, aber wenn ich mir ihr Porträt betrachte, bin ich mir ziemlich sicher, daß sie es ist, die wir als Brunnenfigur halb verschleiert gesehen haben. In Kanada macht er auch sonst sein Glück. Er häuft durch Firmengründungen und Finanzvermittlungen im Geschäftsbereich Silberminen ein Vermögen an, wobei seine Kunden oft keinen Profit machen. Der seinerzeitige Bergbau-Boom spielt ihm in die Hände. Als es nicht mehr läuft, kehrt er nach England zurück und dreht mit dem gleichen Geschäftsmodell das große Rad an der Londoner Börse. Er verkauft Beteiligungen an australischen und kanadischen Minen. Hier beginnt der Schwindel, wie er immer beginnt. Werbung durch angesehene Persönlichkeiten, ein Firmengeflecht, am Ende ein Schneeballsystem. Zum Schluß platzt die Blase dadurch, daß er sich aus Prestigegründen am Bau der heutigen Bakerloo Line der Tube beteiligt. Von so etwas versteht er nichts, obwohl er Minen-Ingenieur ist, und verhebt sich finanziell, was den Stein ins Rollen bringt. Was aber für uns interessant ist, ist seine private Bautätigkeit im Zeitraum von 1896 bis 1904. Er kaufte praktisch einen ganzen Landstrich von 1.400 Morgen (1 Morgen = ca. 4047 qm, Anm. des Autors), legte zusammen, benannte um, ließ Hügel abtragen, Seen samt künstlichen Inseln anlegen und er baute sich seine eigene kleine Welt. Mit einem Theater, einem Observatorium, einer Radrennbahn, einem eigenen Krankenhaus, Stallungen für mehr als 50 Pferde, einem Palmenhaus, einem Bootshaus und - diesem hier. Einem Unterwasser-Billard- und Raucher-Zimmer! Eine Kuppel aus Glas und Stein unter einem See, durch einen Tunnel auf dem Grund des Sees vom Ufer aus zu erreichen. Sehr ausgefallen, inspirierend und ganz privat, weitab der realen Welt. Unglaublich, daß so etwas schon vor mehr als hundert Jahren entstand. Das Haupthaus, welches im Südflügel bis zu seinem Tod nicht mehr fertiggestellt wurde, hatte nicht weniger als 32 Schlafzimmer, 11 Badezimmer, einen Zeichenraum, zwei Eßzimmer und eine Bibliothek. Von der Ausstattung mit teuren Gemälden und italienischen Marmorstatuen gar nicht zu reden. Leider soll es später abgebrannt sein. Er beschäftigte bis zu 600 Arbeiter aus der Region. Kein Wunder, daß Scotts Vorfahren ihn in guter Erinnerung haben. Leider konnte er seinen Reichtum nicht lange genießen. Als seine Tricksereien aufzufliegen drohten und seine Firmen vor dem Zusammenbruch standen, floh er zunächst inkognito mit seiner Frau auf einem französischen Transatlantik-Dampfer nach New York, wo er vermutlich Helfer hatte. Seinetwegen gab es Verwerfungen an der Londoner Börse. Er wurde dann gleich bei seiner Ankunft verhaftet, seine Frau dagegen blieb unbehelligt. Nach 4 Monaten wurde er nach England ausgeliefert. Dort wurde ihm der Prozeß gemacht, wobei er es mit einem hochkarätigen Expertengremium zu tun bekam, dessen Verhör er nicht standhalten konnte. Seine Frau hielt tapfer zu ihm und sagte zu Journalisten, daß "sie es bereue, jemals ihren Fuß auf englischen Boden gesetzt zu haben, daß ihr Mann sich entlasten werde und daß die Bewohner von Witley bereits einen Fackelzug samt musikalischer Begleitung vorbereiten würden, um den Freispruch ihres Mannes zu feiern". Daraus wurde nichts, er wurde zu sieben Jahren Gefängnis verurteilt. Nach der Urteilsverkündung wurde ihm gestattet, bis zu seiner Überführung ins Gefängnis in einem Wartezimmer Platz zu nehmen, in Begleitung von zwei Gerichtsbeamten, seines Rechtsanwalts und eines Freundes, der als Bürge für eine Kaution bereitgestanden hatte. Man erlaubte ihm, kurz in einen Waschraum nebenan zu gehen. Als er zurückkam, paffte er noch einige Male an seiner Zigarre und übergab seine goldene Uhr mit Kette seinem Freund mit den Worten "Da wo ich hingehe, brauche ich sie nicht mehr", was dieser auf das Gefängnis bezog. Wenige Minuten später war Wright tot. Er hatte unbemerkt eine Kapsel mit Blausäure genommen. Wie die spätere Untersuchung ergab, in einer Dosierung, die für mehrere Männer genügt hätte. Außerdem fand sich in seinen Taschen ein geladener sechsschüssiger Revolver. Offenbar wollte er nichts dem Zufall überlassen und bis zum Schluß die Kontrolle behalten. Weil es sich um ein Zivil- und nicht um ein Strafverfahren handelte, hatte ihn niemand durchsucht. Das ist also der Mann, der das gebaut hat, wofür wir nun Verantwortung tragen."

"Ich sage nur eins: er war eine schillernde Persönlichkeit, der alles zuzutrauen ist: Betrüger, Erschaffer exotischer und technisch anspruchsvoller Bauten, und scheinbar ein absoluter Genußmensch und Lebemann. Ich könnte mir keine besseren Voraussetzungen für jemand aus der Vergangenheit vorstellen, der Menschen wie uns verstehen würde."

Die Chronik

"Aah, diese alten Filme mit langsamen Kamerafahrten und dem Schaudern, das sich ganz subtil einstellt, sind mir viel lieber als die heutigen Schocker. Da gibt es keine Charaktere und kein wirkliches Motiv mehr, es ist alles nur noch Effekthascherei."

"Was hast du dir denn angeschaut, mein Kleines?"

"Eine ganz alte Sherlock Holmes-Verfilmung."

"Wie bist du denn darauf gekommen?"

"Ich wollte mir etwas aus der viktorianischen Zeit ansehen, mit der wir ja nun scheinbar öfter zu tun haben werden. Etwas Grusel sollte schon dabei sein, aber eine Gespenstergeschichte war mir zu weit hergeholt, schließlich haben wir nicht Schloß Canterville geerbt, wo es nachts spukt und mit Ketten gerasselt wird."

"Diese alten, liebevoll gemachten Filmsets, die noch Handwerkskunst ohne Digitaleffekte waren, versetzen einen wirklich in die damalige Zeit. Was die Ketten angeht, komm doch mal her zu mir..."

Oh je! Da hatte ich ihn wieder auf eine Idee gebracht. Kaum der letzten Aktion entronnen, fand ich mich im Nu in meiner Alltagskleidung angekettet wieder. Eine lange, schmale Kette führte, von meinem Halsband ausgehend, von vorne durch meinen Schritt und endete auf meinem Rücken an den Handschellen, die meine Hände fesselten. Die Kette war stramm gespannt, so daß ich gerade noch aufrecht gehen konnte und meine Hände strikt nach unten gezogen wurden. Der keineswegs unangenehme Effekt dabei war, daß die Kette sich an meiner Spalte rieb, sobald ich mich auch nur minimal bewegte. John hatte angeordnet, daß ich meinen Blick stets gesenkt halten müßte, was ich bei dieser Konstruktion fast schon automatisch tat. Meine Knöchel waren ebenfalls mit einer Kette in Form einer Acht umschlungen, so daß ich mich nur ganz langsam voranbewegen konnte. Der Trick, herumzuhoppeln, verbot sich hier, weil die Kette zu sehr einschnitt und weil ich fürchtete, das Gleichgewicht zu verlieren und auf die Nase zu fallen. So ausstaffiert, dauerte es nicht lange, bis meine Erregung mich Feuchtigkeit in meinem Höschen spüren ließ. John dagegen war heute äußerst entspannt und nicht auf Sexuelles aus. Er genoß schlicht meine ansprechende Erscheinung, wobei ich zugeben muß, daß ich ihm nur zu gerne vorspielte, mich alleine wegen meiner eingeschränkten Bewegungsfreiheit lasziv räkeln und mit dem Hintern wackeln zu müssen. Er war mit meiner Darstellung offensichtlich zufrieden und verkündete zu meiner großen Freude, daß wir am darauffolgenden Wochenende endlich den Dingen auf den Grund gehen würden. Ich weiß nicht, ob man sich als Sub etwas wünschen darf, aber ich wäre in meiner Rolle noch mehr aufgegangen, wenn John mich in mittelalterliche Eisenfesseln gelegt hätte, statt Ketten und Schlösser aus dem Baumarkt zu verwenden. Nicht zu reden davon, daß das Halsband ursprünglich aus der Zoohandlung stammte und von uns modifiziert worden war. Es soll früher Zeiten gegeben haben, als man solche Dinge mit einem Klick online bestellen konnte, ohne sich verdächtig zu machen. Heute wurde so etwas nicht einmal mehr angeboten.

Nun war also endlich der Tag gekommen, an dem sich das Geheimnis unseres Häuschens offenbaren sollte. Wir fanden alles unverändert vor, außer daß Scott uns Kaminholz gebracht und an der Hauswand gestapelt hatte. Wir suchten in dem unterirdischen Vorraum jede Wand ab. Aber wir fanden weder ein Schlüsselloch noch etwas, was man wie einen Knopf drücken konnte. Das wäre ja auch zu einfach gewesen.

"Was wissen wir über den mutmaßlichen Erbauer? Er war technisch versiert und hatte Erfahrung mit unterirdischen Bauwerken. Die Technik war seinerzeit schon weit entwickelt, es würde mich wundern, wenn er nicht auch hier aus dem Vollen geschöpft hätte. Vielleicht ist es eine hydraulische Vorrichtung. Laß uns alles anschauen, was nach Leitungen aussieht. Außerdem wird er sich gedacht haben, daß nur derjenige, der den versteckten Zugang zum unterirdischen Raum findet *und* Zugang zum oberirdischen Teil des Hauses hat, legitimiert wäre, hinter sein Geheimnis zu kommen."

Zunächst wurden wir nicht fündig. Da hatte ich beim Gedanken an Wasserleitungen die Idee, den abseits gelegenen Brunnen mit in unsere Suche einzubeziehen. Bei genauer Betrachtung fiel uns auf, daß es keine Spuren einer Wasserlinie im Becken gab und daß der Ablauf durch ein Rohr erfolgte, welches etwas abseits im Boden endete. Es war also gar kein Pumpenkreislauf, sondern nur eine

Vorrichtung, die Regenwasser im Boden versickern ließ. Daraufhin stellten wir fest, daß die vermeintlichen Springbrunnendüsen für einen Brunnen im Durchmesser eigentlich zu groß und überdies noch innen mit feinem Fliegengitter geschützt waren, welches dem Wasserdruck nicht standgehalten hätte. Das war also eine versteckte Belüftung. Viel eleganter, aber vom Prinzip her heutigen getarnten Bunkeranlagen nicht unähnlich, bei denen auch schon mal die Luftzufuhr durch vermeintliche Straßenlaternen erfolgt. Zurück im Haus suchten wir nach entsprechenden Luftleitungen. Erst fiel uns nichts auf, aber dann nahmen wir den Gasherd unter die Lupe. Draußen am Haus gab es einen Anschluß, der vielleicht in jüngerer Zeit für den Anschluß einer Gasflasche gedacht war, die man aus Sicherheitsgründen nicht im Haus haben wollte. Er war mit alten Lappen als Schutz umwickelt. Als wir sie abnahmen, wußten wir, daß wir der Lösung ganz nah waren. Es war nämlich kein Gas- sondern ein Druckluftanschluß. Hier konnte man Druckluft einfüllen, wenn man einen Kompressor anschloß. Die Bauform des Anschlusses war allerdings veraltet.

"Ich hab's! In dem Raum muß ein Unterdruck herrschen und der Luftdruck um uns herum drückt die Tür zu. Wenn wir das entsprechende Ventil finden, strömt Luft durch die Öffnungen im Brunnen in den Raum und schafft einen Druckausgleich, so daß die Tür geöffnet werden kann. Der Kompressoranschluß ist mir noch nicht ganz klar, vermutlich diente er dazu, nach dem Verlassen des Raums den Unterdruck wieder herzustellen. Ich erinnere mich an meine Studienzeit, da hat unser Professor treffend gesagt 'Ein Vakuum ist kein Lebensraum', es wäre also perfekt, um irgendetwas zu konservieren. Geh noch einmal zu dem Brunnen und schau, ob sich etwas rührt. Ich habe den Verdacht, daß das Ventil im Gasherd versteckt ist."

Gesagt, getan. Während meine Vanessa unter den Augen der Figur der vermutlichen Ehefrau von Wright ausharrte, probierte ich die Regler des Gasherdes aus. Drehen und drücken brachte nichts. Da kam ich auf die Idee, etwas zu tun, was nicht vorgesehen war. Ich zog daran und stellte fest, daß sich einer der Regler weit herausziehen ließ. So ließ ich ihn stehen und eilte zum Brunnen.

"Und? Hat sich etwas getan?"

"Ja, es hat an den Lufteinlässen leise gezischt. Ich habe ein Blatt daran gehalten, es wird kräftig Luft angesaugt."

"Dann los, jetzt müßten wir hinein gelangen können."

Tatsächlich, in dem Vorraum hatte sich eine Tür geöffnet. Sie war, nach dem gleichen Prinzip wie die Außentür, durch eine Feder aufgedrückt worden. Die Tür samt Rahmen war aus Metall, oval und hatte dicke Gummidichtungen. Von innen betrachtet, war es offensichtlich die Tür eines Schotts aus einem Schiff. Die Gummidichtung war nicht zerbröselt, jemand mußte sie über die lange Zeit hinweg einmal erneuert haben. Nach außen war die Tür mit einer aufgesetzten, überstehenden Platte kaschiert, die in der gleichen Farbe wie der Rest des Raumes gestrichen war. Außerdem hatte man die Scharniere so versetzt, daß sie eingemauert werden konnten. Wir leuchteten vorsichtig in den Raum und prüften, ob wir atmen konnten, was funktionierte. Der Raum war wesentlich größer als erwartet, hatte eine normale Zimmerdeckenhöhe und war voller ordentlich abgestellter Dinge. Dieser unterirdische Teil des Hauses war erheblich größer als der oberirdische, sozusagen Prinzip Eisberg. Etliche Säulen stützten den Bereich ab, auf dem oberirdisch die Mauern des Häuschens standen. Unsere Taschenlampen mit ihren kleinen Lichtkegeln erschwerten den Überblick. Bevor wir weiter eintraten, entdeckte John etwas an der Decke.

"Da sind mehrere Rohre mit Venturi-Düsen, die praktisch wartungsfrei sind und vermutlich noch immer funktionieren. Durch Rohre strömende Luft wird an einer Verengung beschleunigt und reißt dabei die Luft an den dritten, seitlichen Anschlüssen mit, die zum Raum hin offen sind. Auf die gleiche Art wird im Prinzip der Auftrieb beim Flugzeugflügel erzeugt. Dafür ist also der Anschluß für einen mobilen Kompressor draußen vorgesehen, man verschließt den Raum erneut durch ein Vakuum, welches gleichzeitig den Inhalt vor Verfall schützt. Hm, wir können diese innere Tür später nur notdürftig wieder verschließen, ich muß Scott unter einem Vorwand einen Stromerzeuger und einen Kompressor besorgen lassen."

Auch ich fand etwas. Gleich am Eingang war eine Inschrift angebracht: 'Ewig ist das Verlangen, kurz das Leben'. Wohl wahr. Wir gingen noch einmal kurz nach oben und holten eine starke Leuchte, dann begannen wir unsere Erkundungstour. Wir fragten uns, wie die Leute früher hier für Beleuchtung gesorgt hatten. Nach einer Weile fanden wir, jeweils neben einer der Säulen, zwei offene Kamine, die vorne durch eine Metallplatte samt Gummidichtung luftdicht verschlossen waren. Als wir eine der Platten abnahmen, fanden wir im Kamin Halterungen für mehrere Öllampen, darunter ein tiefes Becken, welches selbst beim Auslaufen und Entzünden des Öls dafür geschützt hätte, daß der ganze Raum in Brand geraten wäre. Die Kaminabzüge mündeten nach oben scheinbar in den, der zu dem oberirdischen Kamin gehörte, so daß sie nicht auffielen.

Den Inhalt dieses Verstecks zu beschreiben, fällt schwer. Es war auf den ersten Blick eine Mischung aus einer Fetischgarderobe und einer Bibliothek. Es hatte aufgrund des Alters und der viktorianischen Einrichtung ein wenig die Anmutung eines altehrwürdigen Museums, aber es war auch erkennbar, daß es zum Benutzen und nicht nur zum Anschauen hergerichtet war. Wie in einem modernen SM-Spielzimmer gab es Fixierungsmöglichkeiten an der Wand und an den wenigen vorhandenen Möbeln. Das entdeckten wir, nachdem wir die schützenden Laken entfernt hatten. Ein äußerst bequem wirkender Sessel ohne Fixierungsmöglichkeiten stand erhöht auf einem kleinen Podest, das mußte so etwas wie der Thron des Hausherrn gewesen sein. Eigentlich wäre es von Berufs wegen meine Aufgabe gewesen, mich mit den Dokumenten zu beschäftigen, aber mich zog es mehr zu den Kleiderschränken und Schuhschachteln. John hatte unterdessen eine Fotosammlung und Unmengen an Mikrofilm samt einem Betrachtungsgerät dafür entdeckt. In einer Ecke waren sogar einige Spirituosen und Goldmünzen gebunkert, die mit der Zeit gewiß nicht weniger selten und wertvoll geworden waren. In diesem Wunderland gab es historische Fetisch-Kleidung und Hinweise auf frühere Subkulturen, an deren Existenz wir nicht einmal im Traum gedacht hätten. Das war die reinste Reizüberflutung und wir wußten nicht recht, wo wir anfangen sollten. Es überforderte uns. Wir setzten uns nieder und schauten einander an. Dann meinte John:

"Schatz, du bist wegen dieser Sache hier in letzter Zeit etwas zu kurz gekommen. Hab du deinen Spaß mit der exotischen Kleidung und ich versuche in der Zwischenzeit, eine Art Betriebsanleitung für das alles zu finden. Es wird eine Weile dauern, es ist ewig her, daß ich Handschriften lesen mußte."

John suchte für mich einige wirklich schöne Stücke heraus, die mir sogar paßten. Scheinbar hatte vor so langer Zeit Whitakers Frau eine ähnliche Figur gehabt. Ich trug nun ein eng geschnürtes

Überbrustkorsett, eine hinten geknöpfte, eng taillierte weiße Bluse mit Stehkragen, einen bis an die Knöchel reichenden schwarzen Humpelrock aus Stoff und 15 cm hohe, sehr tief geschnürte und sehr schmal geschnittene schwarze Stiefeletten aus feinem Leder, die mich bald quälten. Zusätzlich hatte John nicht dazu gehörende unterarmlange schwarze Handschuhe gefunden, dir nur vorne aus den Ärmeln der Bluse hervorschauten. Bei diesen Handschuhen waren alle Finger einschließlich des Daumens miteinander vernäht, außerdem war innen steifes Leder, so daß man mit weder die Hände krümmen noch mit den Fingern greifen konnte. So war ich also in den Sachen gefangen. Es fühlte sich sehr gut und irgendwie selbstverständlich an, fast besser als die Kleidung, die man heute kaufen konnte, wenn überhaupt noch. John wies mich an, es mir, steif aufrecht sitzend, auf einem gepolsterten Stuhl bequem zu machen. Für die Hände und den Hals gab es Eisen, mit denen ich am Stuhl fixiert wurde. Die Eisen hatten eigentümliche Schlösser. Der Schlüssel, den John hinter der Rückenlehne hängend gefunden hatte, sah eher wie eine Schraube aus, die man in die Eisen hinein drehen mußte, um sie zu öffnen. Artig wartete ich ab, was John zu berichten hatte, etwas anderes blieb mir auch nicht übrig.

"Es gibt hier die verschiedensten Papiere aus mehreren Epochen. Ich habe jetzt einen groben Überblick. Spätere Schreiber haben frühere kommentiert und mit meiner eigenen Ansicht will ich auch nicht hinterm Berg halten. Ich versuche, nicht zu sehr zu springen. Wir haben richtig vermutet, Whitaker Wright ist der ursprüngliche Schöpfer. Er gibt uns als Einleitung diese Gedanken mit auf den Weg:

'Die Bibliothek von Alexandria, sie ist verbrannt, das Wissen des Altertums dahin. Die uns im Innersten anrührenden Bücher werden heute in geheimen Bibliotheken vor der Menschheit versteckt. Ich hatte Zugang zum Secretum im British Museum und zu l'Enfer in der französischen Nationalbibliothek. Selbst die namhaften Autoren und Maler benutzen für diese Werke lieber Pseudonyme. Am scheinheiligsten aber ist der Vatikan, zu dem ich nicht vordringen konnte, aber eindeutige Hinweise erhalten habe. Weil man für die Zensur von Schriften jeweils eines der verbotenen Exemplare hinterlegt hat, befindet sich dort der Welt größte Sammlung an Pornographie und erotischen Gegenständen, sogar Möbeln. Ich aber, der ich mit meiner geliebten Frau einfach nur nach meiner Facon leben möchte, gelte als ruchlos und muß viele Dinge heimlich tun.'"

"Nun ja, wenn Dan Brown einmal einen Fetischroman geschrieben hätte, dann sicher auch unter einem anderen Namen. Wo wir hier gerade sind, das wäre ein gefundenes Fressen für ihn."

"Es geht etwas pathetisch weiter: Ich hätte Geld genug, mir Sklavinnen für mein Vergnügen kaufen zu können. Doch die Treue zu meinem Weib erst macht mich glücklich. Sie liebt mich dafür bis zur Selbstaufgabe und, noch wichtiger, sie hat die gleiche seltene Neigung wie ich, nur mit umgekehrtem Vorzeichen.'"

"Das mußt du mit Bedacht lesen und überdenken. Geht es uns eigentlich nicht genau so?"

"Wenn man es so sieht... Merkwürdig, an so einem Ort diese Stimme aus der Vergangenheit zu lesen. Ob seine Frau auch auf diesem Stuhl fixiert gesessen hat, so wie du? Scheint mir ein probates Mittel zu sein, das Weib am böswilligen Verlassen des Ehemanns zu hindern."

"Sehr witzig. Du weißt doch genau, wie sehr ich an dich gebunden bin..."

"Hier gibt es überall Randnotizen, die nicht weniger spannend sind. Wußtest du, daß schon 1769 der Schuh-Fetisch in der Literatur erstmals erwähnt wurde?"

"Das hätte ich nicht gedacht. Wie kam es nun zu all dem hier?"

"Whitaker hat ab 1896 Witley Park erbaut, das hatten wir ja schon recherchiert. Außerdem sammelte er neben Fetisch-Kleidung und -Gegenständen seinerzeit absolut verbotene Fotografien aus diesem Genre. Er machte auch eigene von seiner Frau, ganz nach seinen Vorstellungen. Dabei nutzte er auch die seinerzeit sehr populäre Stereoskopie, so daß er räumliche Darstellungen in Schwarzweiß betrachten konnte. Da er seiner Zeit weit voraus war und immer Gefahr lief, daß bei einer Entdeckung alles als abartig angesehen und vernichtet worden wäre, hat er - wie wir heute sagen würden - Sicherungskopien auf Mikrofilm gemacht. Den gab es scheinbar damals tatsächlich schon. Diese Kopien haben immer hier im Verborgenen gelagert, während er die Originale in einem der regulären Häuser des Anwesens in Reichweite zum täglichen Gebrauch versteckt hatte. Er muß einige wenige eingeweihte Bedienstete gehabt haben. Unser Pförtnerhäuschen könnte auch als diskrete Anlieferadresse gedient haben, so daß die Zustellungen im Haupthaus nicht auffielen. Schließlich sind alle Kleidungsstücke hier Einzelanfertigungen, die Schneider oder Schuster gegen zusätzliches Schweigegeld geschaffen und dann diskret abgeliefert haben müssen. Von einer industriellen Serienfertigung hätte damals niemand zu träumen gewagt. Das Häuschen war bestimmt auch ein heimlicher Ausgangspunkt für unbeobachtete, unbefangene Fetisch-Spaziergänge mit seiner Frau. Darum gibt es beispielsweise den ebenen Boden der Allee und den durch Bewuchs vor Blicken geschützten rückwärtigen Zugang zu diesem Gebäude. Wir beide haben die Örtlichkeit unwissend schon genau für den gleichen Zweck verwendet. Überhaupt ist es geradezu unheimlich, daß es vor rund 130 Jahren schon einmal so ein Paar wie uns gegeben hat und noch erstaunlicher ist es, daß es uns ihre Welt erhalten hat. Da scheint mir ein wenig Ehrfurcht geboten."

"Die habe ich auch und hoffe, aufgrund meiner eigenen Vorlieben, würdig zu sein, diese Sachen zu tragen. Ich denke, es ist gewollt, daß die Sachen nicht nur bewahrt und angeschaut, sondern auch benutzt werden. Der Humpelrock, den ich gerade trage und deine Ausführung zu den Spaziergängen unserer geistigen Vorfahren geben mir jetzt Gewißheit: Du hattest recht damit, daß die 'Gedenksteine' nichts anders sind als das Gegenstück zu Sitzbänken, die man auch in regelmäßigen Abständen aufstellt, um verschnaufen zu können. Wenn ich darüber nachdenke, daß die Dame im heißen Sommer eng korsettiert im schweren Kleid, hohen Schuhen und vielleicht sogar maskiert mit Trippelschritten unterwegs war, dann ging es auch gar nicht anders. Sie wäre sonst möglicherweise ohnmächtig geworden."

"Hier ist eine Notiz aus den 1950er Jahren, die sich lustig macht: 'Zu Whitakers Zeit gab es bei der Bademode die strenge Vorschrift, daß die Damen am Strand auf jeden Fall Strümpfe tragen mußten und keine nackten Beine zeigen durften, sonst wurden sie gleich wegen unzüchtigen Verhaltens verhaftet. Alle reizvoll behindernden Kleidungsstücke wie Korsett, enge Kleider und hohe Absätze dagegen waren die Norm und gesellschaftlich akzeptiert. Heute können die Frauen im Badeanzug herumlaufen und wer sie in restriktive Kleidung stecken will, ist pervers und wird verfolgt. Verkehrte Welt!'"

"Steht da auch etwas zum Humpelrock?"

"Der kommt etwas später, aber unter anderem habe ich gelesen, daß oft unter solchen Röcken eine Art Fesseln getragen wurde, um die Nähte bzw. den Saum nicht versehentlich durch zu große Schritte zu zerreißen. Ein Schelm, der Böses dabei denkt. Aber zurück zu Wright. So ab 1900 fliegen seine Finanzschwindeleien langsam auf. Das ist auch eine Blütezeit von Fetisch-Schuhen. Nicht nur fürs Auge, sondern unterstützt durch die Geisteshaltung, tief geschnürte Stiefeletten seien Korsetts für die Füße, damit diese nicht zu breit würden."

"Jetzt weiß ich, warum mir die Füße selbst im Sitzen schmerzen. Damit konnte man dem Ehemann wirklich nicht weglaufen, aber die Dinger machen einen wahnsinnig schmalen Fuß."

"Nur zu gerne darfst du dich bei mir anlehnen und dich von mir führen lassen, in jeder Hinsicht. Nun, restriktive Kleidung gab es also in der Öffentlichkeit im Prinzip an jeder Ecke, aber der Traum, den Wright gewiß hatte, erfüllte sich nie. Genauso wenig wie heute."

"Welchen Traum meinst du?"

"Die gleiche vergebliche Hoffnung wie heute, daß Fetisch eines Tages so gesellschaftsfähig sein würde, daß man die devote Ehefrau im Alltag ganz selbstverständlich gefesselt oder auch geknebelt mit sich führen könnte. Daß sie im Eiscafe neben einem in einer chicen Leder-Zwangsjacke sitzt und ein Getränk mit Strohhalm gereicht bekommt. Es gab immer wieder Zwischenzeiten, in denen das zumindest bezogen auf an Fetisch angelehnte Kleidung möglich war, aber rasch änderten sich die Dinge wieder zum Schlechten. Für einen Freigeist wie Wright muß es schwer gewesen sein, obwohl er andererseits das Glück hatte, über die nötigen Mittel zu verfügen, sich sein eigenes kleines Paradies zu schaffen. Stell dir vor, wie er in seinem Unterwasser-Raucher-Zimmer unter der Glaskuppel auf einem Sofa sitzt, die Zeitung in der Hand, eine Zigarre rauchend und bei ihm seine hübsche Frau, ganz als hilfloses adrettes Fetischpüppchen. Draußen schwimmen die Fische vorbei; sie sind die einzigen stummen Zeugen dieser magischen Momente, wo seine Frau sich ihm in völliger Abgeschiedenheit ganz auslieferte. Wright war seiner Zeit offenbar voraus, denn der

Humpelrock erlebte in der Mode seinen Höhepunkt erst in den Jahren 1910 bis 1911. Er nahm auch den Muff vorweg, um darin unsichtbar die Hände seiner Frau fesseln zu können. Kommt dir so ein Versteckspiel bekannt vor?"

"Ja, leider."

"Er verbrachte sicher wunderbare Jahre mit seiner Frau. Er ließ Fotos von ihr in allen Outfits machen und versteckte diese, denn er wollte ohne solche Dinge nicht leben und war sich sehr bewußt, in welcher Zeit er lebte und wie Menschen funktionieren. Über die Zeugung seiner ältesten Tochter hat er uns überliefert, daß seine Frau im Bett - ganz seinem gewünschten Stil entsprechend - in eine Zwangsjacke eingeschlossen, seitlich am Bett fixiert war und daß sie außerdem Bett-Schuhe getragen hatte, deren Absatz im Verhältnis zum Schuh so hoch waren, daß man damit nicht hätte laufen können. Das nenne ich wahrlich dekadent! 1903 flieht er nach New York, wird bei der Ankunft verhaftet, aber seine Frau bleibt frei und darf ihn natürlich besuchen, so daß sie die 4 Monate bis zur Auslieferung nach England genutzt haben werden, um einige Dinge zu regeln. Zumal er in Amerika auch später immer einen guten Ruf hatte, im Gegensatz zu England. Da scheinen Freundschaften alle Zeiten überdauert zu haben. 1904 begeht er in London dann Selbstmord."

"Wie ging es mit der Sammlung, mit allem, was die Leidenschaft dieses Paares erschaffen hat, weiter?"

"Genaues steht hier nicht. Aber 1909 kauft William Pirrie, Designer der 'Titanic', das Anwesen Witley Park. Aha, er war es bestimmt, der das Türschott einbauen ließ. Ich kann nur raten, vielleicht hatte er ein Gentlemen's Agreement mit der Witwe Wright. In den Jahren vor dem ersten Weltkrieg erlebte die viktorianische Mode ihren Höhepunkt. Was hätte ich darum gegeben, dich in dem Outfit, in dem du gerade dort sitzt, ganz selbstverständlich über die Straße führen zu können. Ich vermute, daß die Witwe im Andenken an ihren Mann die Sammlung um viele, nun überall erhältliche, Kleidungsstücke ergänzt hat. Offensichtlich konnte sie auch die ältere ihrer beiden Töchter ins Vertrauen ziehen und dafür begeistern."

"Ich denke auch, daß viele Sachen damals noch im Haupthaus versteckt waren. Weißt du, was ich hier alles gefunden habe? Eine

Zwangsjacke mit einem zweiten, armlosen Überwurf, so eine Ausführung kannte ich gar nicht. Ein Langkorsett, welches über die Hüfte geht, so daß man sich nicht hinsetzen kann. Ein Kleid ohne Arme. Eine lederne Halbmaske für die untere Gesichtshälfte, innen mit einem Penis-Knebel, dazu einen Hut mit Schleier, der die Halbmaske kaschiert. Und...."

"Und dann kam 1914 der Erste Weltkrieg. Die Männer gingen an die Front, die Frauen arbeiteten in Fabriken. Praktische Schuhe und Röcke wurden notgedrungen Zeitgeist. In der Oberschicht hielt sich bei festlichen Anlässen noch die alte Pracht, da es keine Materialengpässe z.B. an Leder gab, wie es später im Zweiten Weltkrieg der Fall war, zumindest in Europa. Die Witwe dürfte diese Entwicklungen genau beobachtet haben. 1924 starb Lord Pirrie und entfiel somit als freundschaftlicher Bewahrer oder zumindest als Dulder oder Wegseher. Das dürfte sie nervös gemacht haben. Damit nicht genug, griff ab etwa 1930 Hitler nach der Macht, wenn auch von England unterschätzt. Kluge Frauen haben oft Vorahnungen und bei diesen Vorzeichen schien es der Witwe angeraten, Vorsorge für den Fall zu treffen, daß das Thema Fetisch mit allem Drumherum für viele Jahrzehnte begraben werden könnte. Sie hat bestimmt alles getan, damit die Sammlung erhalten bleibt. 1931 starb sie. Ihre älteste Tochter schützte die Hinterlassenschaft vor Entdeckung."

"Das war aber dann ziemlich knapp."

"Es kam noch schlimmer. Zwar überstand alles den Zweiten Weltkrieg unbeschadet, aber 1952 vernichtete ein Feuer viele Gebäude einschließlich des Haupthauses von Wright's früherem Anwesen. Die dort immer noch versteckte Sammlung von inzwischen historischen Fetisch-Bildern und liebgewonnenen Erinnerungsfotos fiel vollständig dem Brand zum Opfer. Das abgelegene Pförtnerhäuschen war zum Glück nicht betroffen. Der Schreck saß tief. Der Tochter wurde die Einzigartigkeit der Sammlung mehr denn je bewußt und sie erkannte, daß sie für alle Zeiten beschützt werden mußte. Es gab über die Generationen hinweg zu dieser Zeit immer noch freundschaftliche Kontakte in die USA, vielleicht hat sie von dort finanzielle Unterstützung erhalten."

"Jetzt weiß ich auch, warum der Humpelrock in den 1950ern dort eine ungeahnte Renaissance erlebte. Das waren indirekte Nachwirkungen von Wrights Geschmack. Im Alltag waren die Röcke dann kürzer als das Vorbild, ausgenommen beim Fishtail."

"Vielleicht ist es so, vielleicht ist es ein wenig weit hergeholt. Fest steht aber, daß der Humpelrock seinerzeit im Fetisch-Bereich in neuen Formen und Materialien wie Leder und mit seitlicher Schnürung enger und restriktiver denn je wiederbelebt wurde. Damit kommen wir zu einem der Kontakte in den USA. Erinnerst du dich an das Foto, welches uns der Notar gezeigt und dann vernichtet hat? Bettie Page hieß das Modell und groß herausgebracht hatte sie der angesagteste Fetisch-Fotograf und Magazin-Herausgeber dieser Zeit, beides allerdings unter dem Ladentisch. Sein Name war Irving Klaw. Er war ein Pionier und lebte leider in der falschen Zeit. Er wurde in den Jahren 1954 bis 1956 vor Gericht gezerrt und dazu verurteilt, alle seine Fetisch-Negative zu vernichten. Ich kann mir vorstellen, daß die Nachfahren Wrights, durch den teilweisen Verlust der eigenen Fotos gerade selbst erst arg gebeutelt, ihre Hilfe angeboten haben. Bevor Klaw die Negative unter Aufsicht vernichtete, ließ er, ermuntert durch seine Ehefrau, heimlich Kopien auf Mikrofilm machen und zusammen mit etlichen seiner Fetisch-Requisiten nach England schmuggeln, wo sie Teil der Sammlung hier wurden, ohne viel Platz wegzunehmen. Seine Ehefrau rettete auch etliche Original-Negative von Bettie Page, die lange als verloren galten. Scheinbar haben diese Männer mit ihren loyalen Ehefrauen viel Glück gehabt."

"So wie du mit mir, mein lieber Herr. Dann stammen die frühe Version eines Monohandschuhs und von den Ballet Heels, die eher den heutigen Versionen ähneln, aus dieser Zeit. Ich konnte sie vorhin nicht der viktorianischen Epoche zuordnen, als ich sie in den Händen hielt."

"Das steht zu vermuten. Aus den Unterlagen geht hervor, daß 1957 die letzten Neuzugänge erfolgten. Alle früheren Dokumente wurden geordnet. Das war gut so, es ist immer noch schwer genug, die Zusammenhänge zu verstehen. Hier ist beispielsweise eine Notiz aus dem Jahr 1955, die ich nicht zuordnen kann: 'Es stehen uns schlimme Zeiten bevor, wenn etwas wie die Cincinnati Old Main Library begraben werden kann, ohne daß man um sie trauert'. Was auch immer das bedeuten mag. Nun denn, 1969 wird die inzwischen bereits hochbetagte Tochter die Gründung des Trusts und die endgültige Versiegelung des Raumes verfügen, so steht es hier. Sie findet die Mode der 1960er, den Umbruch weg von der wunderschönen Kleidung und den damit verbundenen alten Werten abstoßend und kennt niemand mehr, der ihr Geheimnis verstehen und angemessen bewahren würde. Sie will eine erneute Öffnung im Jahr 2029, also in 60 Jahren, verfügen. Sie ist offensichtlich verbittert und schreibt, daß 'die Leute heute sowieso zu dumm sind, um es zu verstehen.'"

"Dann muß der Trust irgendwann von der Gründung der internationalen Zeitkapsel-Registrierungsstelle im Jahr 1990 erfahren und Kontakt aufgenommen haben."

"Ich denke, daß wir die richtige Entscheidung getroffen haben, als wir die beschwindelt haben, hier wäre nichts zu finden. Stell dir vor, irgendein zufällig ausgewählter Tölpel wäre hier herein gestolpert. Das wäre das Ende. Na ja, vermutlich hätte er die Hinweise nicht verstanden und bestenfalls wäre das hier ewig unentdeckt geblieben. Nun, meine Teuerste, lassen Sie uns feststellen, ob Sie frigide sind oder nicht!"

Noch bevor ich über den plötzlichen Wechsel von Johns Tonfall groß nachdenken konnte, stand er auch schon breitbeinig vor und über mir und schob mir sein bestes Stück in den Mund. Ich tat, was ich konnte, um ihn zufriedenzustellen, hatte aber durch den Eisenring um meinen Hals nur wenig Spielraum. Er bemerkte es und übernahm seinerseits größtenteils die Hin- und Herbewegung. Ich sah, daß er nach meinen Händen schaute, die puppenhaft in den Handschuhen gefangen waren. Ich bewegte meine Hände an den Handgelenken und bewegte minimal meine Beine, soweit es der Humpelrock zuließ. Das verfehlte seine Wirkung nicht und er verschaffte seinem Druck nach kurzer Zeit Abhilfe. Ich schluckte nur zu gerne, was er mir spendete, es war ja auch die einzige Möglichkeit, mir selbst ein wenig Befriedigung zu verschaffen. John atmete kurz durch, brachte seine Garderobe wieder in Ordnung und meinte:

"Nach all dem Nebel der Vergangenheit sollten wir uns jetzt ein wenig frische Luft gönnen, um diese vielen Eindrücke sacken zu lassen. Und um nachher wieder hierher zurückzukommen und festzustellen, daß es kein Traum ist."

John öffnete die Schlösser meiner Eisenfesseln und half mir beim Aufstehen. Er hatte ein Cape gefunden, aus schwarzglänzendem

Satin, gefüttert und mit rot eingefaßten Rändern, in dessen Kapuze eine Maske mit Augen- und Mundöffnung eingearbeitet war. Das bekam ich übergezogen. Dann kam er mit einem kleinen alten Pappkarton, auf dem jemand mit der Hand 'Irish 8' vermerkt hatte. Er entnahm ihm eine Metallfessel aus zwei aufklappbaren Hälften mit einem seitlichen Schloß und fixierte meine Hände damit vorne. Das Ding saß verdammt eng, die hatten wohl schon früher Sinn für grimmigen Humor. Er knöpfte mein Cape vorne zu und geleitete mich zur Treppe nach oben. Jetzt verstand ich den Sinn ihrer Konstruktion. Sie war so gebaut, daß ich sie trotz meiner Handicaps ohne Hilfe bewältigen konnte. Wir hatten drinnen nicht bemerkt, wie die Zeit verflogen war. Die Abenddämmerung war bereits aufgezogen und tauchte den Himmel in ein dunkles Orange. John küßte mich leidenschaftlich. Dann legte er seinen Arm um meine Schulter und wir schritten die Allee entlang, unsere Allee. Wir dachten an Wright und seine Frau, wie sie hier einst gewandelt waren. Wir waren sehr, sehr glücklich. Wir fühlten es beide, aber keiner wagte, es auszusprechen: Nur noch so wollten wir weiterleben, es gab kein Zurück mehr in unser bisheriges Leben. Wir hatten von den Früchten des Baums der Erkenntnis genascht.

Eine entflohene Sklavin, die nicht frei sein will

Ich hatte gewußt, daß dieser Moment eines Tages kommen mußte. Aber daß es gerade hier, während einer Konferenz, so weit sein würde, an einem gewöhnlichen Freitagabend...

"Patricia, es ist gefährlich für mich, es dir zu erzählen, aber um der alten Zeiten willen - während du hier bist, wird gerade deine Wohnung durchsucht. Wenn du morgen wieder nach Hause zurückkehrst, werden sie dich mitnehmen."

"Welchen Vorwand benutzen sie?"

"'Sexuelle Belästigung'. Man hat deine Affäre mit Herrn F. gefilmt. Sieh zu, daß du untertauchst."

"Dieser Schlappschwanz! Erst fesselt mich dieser angebliche Bondage-Experte ganz liederlich, und als ich dann wehrlos bereitliege, um ihn zu empfangen, da setzt er sich aufs Sofa, spielt ein wenig an sich herum und schläft dann ein. Ich konnte mich selbst befreien und bin einfach nach Hause gegangen, er hat nicht einmal etwas bemerkt. Wie ich diese Online-Tastenwichser hasse, die mit der realen Welt völlig überfordert sind... Mist, das war also eine Falle!"

Ich zog mich rasch auf mein Zimmer zurück. Mein bisheriges Leben, das mich letzten Endes an diesen fast ausweglosen Punkt geführt hatte, zog an meinem geistigen Auge vorbei. Ich glaube, angefangen hatte alles mit den ersten harmlosen kindlichen Online-Rollenspielen. Da endete ich einmal bei den Indianern als Squaw am Marterpfahl. Das war zwar kulturell völliger Blödsinn, gab mir aber irgendwie ein Glücksgefühl. Das Problem war nur, daß ich so etwas mit zunehmendem Alter auch real erleben wollte, aber bald merkte, daß meine Mitspieler in der virtuellen Welt festklebten und davon nicht loszubekommen waren. Die schauten sich lieber von zu Hause aus Hentai-Bondage an. Vielleicht ist an der Binsenweisheit etwas dran, daß es unter den Feuerwehrleuten die meisten Brandstifter gibt. Ich jedenfalls landete viel später im Beruf bei den Institutionen, die die Macht vertraten, aber meinen Neigungen feindlich gesonnen waren. Völlig unangenehm war es anfangs nicht, denn dort hatte ich Zugriff auf viele Dinge, die dem dummen Volk vorenthalten wurden. Außerdem lernte ich, wie die Überwachungsmaschinerie funktionierte. Mein Leben schritt voran, ich wurde reifer und nun gingen die Probleme los. Es wurde extrem schwierig, gefahrlos Spielpartner zu kontaktieren, niemand wußte das besser als ich. Und es gab einen unruhigen Geist in mir: mein Gewissen. Während ich als Privilegierte noch das Eine oder Andere erleben durfte, arbeitete ich jeden Tag mit daran, Gleichgesinnte den Institutionen ans Messer zu liefern. Ich konnte genau nachfühlen, wie dreckig es ihnen dabei erging. Da konnte es mich auch nicht trösten, daß ich hin und wieder von den beschlagnahmten Fetisch-Sachen etwas für mich abzweigen konnte, bevor sie vernichtet wurden. Ich war inzwischen Ende 40, leider nicht mehr schlank und wußte langsam nicht mehr, wie es mit mir weitergehen sollte. Eines Tages beging ich eine Verzweiflungstat. Der einzige Weg wäre, sich als Whistleblowerin an die Öffentlichkeit zu wenden und den Menschen die Augen zu öffnen, dachte ich mir in einer schwachen Stunde. Zum Glück wurde ich nicht ernst genommen, sondern absurviert! "Klar, wir würden eine Folge mit dem Titel 'Die Whistleblowerin vom Pornokanal spielt heute abend Querflöte für Sie' drehen." So kam ich noch einmal davon und erkannte, daß es keine Chance gab, meine Zielgruppe über die Medien zu erreichen und zu warnen. Ich dachte lange über diesen Begriff der Zielgruppe nach. Daraufhin beschaffte ich mir über meine Verbindungen illegal eine Liste aller Menschen in London, die vom System verdächtigt wurden, etwas mit BDSM oder Fetischismus im Sinn zu haben. Diese Liste war nach Kategorien von Anfangsverdacht oder möglichem Zufall bis zu den Top Ten der Missetäter gruppenweise sortiert. Zu meinem Schrecken fand ich mich selbst auf der Liste, wenn auch ganz unten in der harmlosesten Gruppe. Es bestand also die Gefahr, daß man mich abholen, meine Sachen vernichten und mich zur Umerziehung einsperren würde - eine tickende Zeitbombe! Ich überlegte, ob man meinen Namen irgendwie von der Liste löschen konnte, aber da es sich bei mir um eine Mitarbeiterin handelte, ging das nicht. Dann dachte ich über eine Flucht nach und wurde mir in dem Moment bewußt, wie sehr jeder von uns in diesem Spinnennetz gefangen war. Es ging eigentlich nur so, wie es Profikiller machten: jemand müßte mich privat aufnehmen, nicht unbedingt freiwillig... Jegliche Anmietung einer Wohnung oder eines Hotelzimmers bedeutete eine automatische Durchleuchtung aller meiner Daten und mein Aufenthaltsort würde sofort gemeldet werden. Sich unfreiwillig bei jemand einzuquartieren ginge nur vorübergehend, es sei denn, ich würde diejenige umbringen und versuchen, ihre Identität anzunehmen, was ich nicht vorhatte. Aber wer würde schon auf freiwilliger Basis das Risiko eingehen, sich einer Beihilfe strafbar zu machen? Wer würde mich verstehen und meine extrem devote Ader nicht zu meinem Schaden mißbrauchen? Wem könnte ich mich anvertrauen? Nur jemand mit ähnlichen Neigungen! Also suchte ich in meiner, der unverdächtigsten aller Gruppen, und fand eines der wenigen Paare, John und Vanessa. Zu meinem Erstaunen fand ich heraus, daß die beiden seit kurzem einen winzigen Landbesitz nahe des Konferenzzentrums hatten, in dem ich selbst einmal im Quartal tagte. Die weiteren Vorbereitungen für einen eventuellen Notfall waren Routine. Zunächst schaute ich mir die Daten des Hausverwalters an, der das Wohnhaus betreute, in dem sie lebten. Dort fand ich in den Geldflüssen schnell die Bezahlung der Rechnung eines Schlüsseldienstes für eine Nachbestellung. Bei dem Schlüsseldienst zapfte ich die erforderlichen Daten sowohl für die Codekarte als auch für den physisch vorhandenen Schlüssel ab. Bei dem Gebäude auf dem Land, was immer das sein mochte, war es noch einfacher. Das Paar war im Baumarkt gewesen und hatte ein neues Schloß für das Haus gekauft. Die Aufzeichnung der Kassenkamera verriet mir die Seriennummer. So war ich in der Lage, mit unserem hauseigenen 3D-Drucker Nachschlüssel aus Kunststoff zu fertigen, die anschließend durch Bestrahlung gehärtet wurden - ohne je vor Ort gewesen zu sein. Von jetzt an trug ich die Schlüssel ständig bei mir. Außerdem prägte ich mir die Lage des Gebäudes auf der Karte genau ein und wie ich dorthin gelangen könnte, indem ich mich ohne Hilfsmittel nur an Wegen, Seen und dergleichen orientieren würde. Ich sah mir die Bewegungsprofile des Paares an und stellte fest, daß sie ausschließlich am Wochenende aufs Land fuhren. Schließlich becirzte ich eine Kollegin, die das Paar auf der Liste als unverdächtig aussortierte und zum Löschen freigab. Zu Hause verpackte ich meine sämtlichen Fesselutensilien und meine Fetisch-Kleidung in zwei Koffer, die ich in einem Selfstorage in London nahe der Wohnung des Paares deponierte. Ich hielt dem Sicherheitsmann meinen Dienstausweis unter die Nase, bezahlte bar für ein Jahr im Voraus und gab deren Anschrift für den Fall an, daß ich die Sachen binnen dieser Frist nicht wieder abholen würde. Ich sah im tief in die Augen, log etwas von einer verdeckten Operation und er wagte es nicht, Fragen zu stellen.

Nun saß ich da, hatte Beine wie Blei und wußte doch, daß ich schleunigst handeln mußte. Es fiel mir schwer, weil ich mein bisheriges Leben für immer hinter mir lassen mußte. Davon hatte ich zwar schon in der Form geträumt, als Sklavin bei guten Herrschaften zu leben, aber im Augenblick fühlte ich mich eher wie Dr. Kimble auf der Flucht. Mein Organisationstalent erwachte wieder zum Leben. Inzwischen war es Abend geworden. Da fiel es nicht auf, daß ich kaltes Essen aufs Zimmer bestellte, welches ich sofort für unterwegs in eine große Handtasche packte, zusammen mit etwas zu trinken. Es gelang mir, im Mantel und mit der Hand-tasche ungesehen durch eine Terrassentür nach draußen zu ge-langen. Wir waren schließlich nicht eingesperrt. Das war auch nicht nötig, denn zu Fuß waren die Entfernungen alle viel zu weit und ein Auto hätte man am Tor angehalten. Ich betete, daß dieses Paar übers Wochenende zu ihrem Haus fahren würde und daß sie inzwischen das neue Schloß bereits eingebaut hatten. Jede Kontaktaufnahme zu ihnen hätte alles verraten. Im Gegenteil, ich nahm den Akku aus meinem Handy und warf beide Teile getrennt ins Gebüsch. Eine Sache hatte die Verwaltung des Konferenz- zentrums nicht bedacht: Ich schlich zum Golfplatz, der zu dieser Jahreszeit selbst tagsüber nur noch sporadisch genutzt wurde und um diese Zeit völlig verwaist war. Dort standen die Elektro-Golf- wägelchen, die über Nacht aufgeladen wurden. Mit einem davon surrte im Halbdunkel leise davon. Das beleuchtete Anwesen mit dem Konferenzzentrum verschwand hinter mir. Ich fand, dem Mondschein sei Dank, den richtigen Weg und kam meinem Ziel recht nahe. Das war auch gut so, denn es war ziemlich kalt. Da ich mein Ziel nicht verraten wollte und weil der Akku des Vehikels sich auch zusehends leerte, fuhr ich es an das Ufer eines Sees. Dort ließ ich es an einer geeigneten Stelle hineinrollen und untergehen. Den Rest des Weges mußte ich zu Fuß bewältigen. Leider waren meine Schuhe eher italienische als praktische, aber es ging einigermaßen. Das war ja auch keine neue Erkenntnis - schon im Mittelalter hatte man die Eitelkeit der Hofdamen benutzt und ihnen zarte, hübsche Schuhe gegeben, wohl wissend, daß diese außerhalb der Burgmauern nach kürzester Zeit zerrissen und ein Weglaufen damit unmöglich gewesen wäre. Tagsüber hätte ich die beiden veralteten Überwachungsdrohnen fürchten müssen. Aber noch war meine Flucht sicher nicht entdeckt worden und sobald ich mich innen in dem Gebäude befinden würde, wäre ich unsichtbar. Außerdem hatte ich beim allabendlichen Umtrunk an der Bar aufgeschnappt, daß eine von ihnen nicht einsatzfähig war, weil ein angetrunkener Konferenzteilnehmer sie beim Tontaubenschießen als Ziel mißbraucht hatte.

Das Schicksal meinte es gut mit mir. Der Schlüssel paßte, ich fand Feuerholz und heizte den Kamin ein, so daß ich nicht frieren mußte. Ich schaute mich in dem bescheidenen Häuschen um und fand ein langes dünnes Seil, was mich auf eine Idee für später brachte. Ich stellte eine alte Blechkanne vor die Tür, so daß sie beim Öffnen scheppernd umfallen würde. Ich fühlte mich nun halbwegs sicher und tat das Beste, was ich tun konnte. Ich legte mich hin und schlief bald ein. Am Samstagmorgen wachte ich früh auf. Ich löschte den Kamin ganz aus, entfernte die Blechkanne, schloß die Tür von innen ab und zog den Schlüssel ab. Dann nahm ich mir das Seil zur Hand. Ich bereitete mit zahlreichen Knoten eine spezielle Selbstfesselung im asiatischen Stil vor. Ich band das Seil um meinen Oberkörper und meine Schultern. Hinten, auf Höhe der Schulterblätter, gerade noch so von unten mit den Händen erreichbar, hatte ich zwei Schlaufen vorgesehen. Wenn man mit den Händen hineinschlüpfte und fest nach unten zog, schlossen sie sich so sicher, daß man sich nicht mehr befreien konnte. Ein längeres loses Seilende ließ ich herunterhängen. Natürlich war ich nicht lebensmüde. Ich wartete ab, ob das Paar überhaupt kommen würde. Ansonsten würde ich das Seil wieder ablegen und mir überlegen müssen, wie ich anders weiterkäme. Immerhin, falls mich meine Verfolger hier gefesselt finden würden, könnte ich denen für kurze Zeit vormachen, ich sei entführt worden. Das würde dann allerdings das Ende des Paares bedeuten, was ich eigentlich nicht beabsichtigte.

Die Wahrscheinlichkeitsberechnung meiner Datenauswertung hatte nicht gelogen. Am späten Vormittag hörte ich draußen vom Tor her ein Motorengeräusch. Ich atmete tief durch und peilte vorsichtig durchs Fenster. Gottseidank, es war kein Suchtrupp, sondern mein erhofftes Paar, welches ich anhand der Fotos, die ich bei meiner Recherche gefunden hatte, eindeutig erkannte. Ich setzte mich rasch auf das Sofa, welches gleich gegenüber der Tür stand, und fesselte mir mit dem restlichen Seilende nun auch schnell die Knöchel. Ich schob meine Hände in die vorbereiteten Schlaufen auf dem Rücken und wartete bis zum letzten Moment. Immerhin hätte es auch sein können, daß die beiden etwas vergessen hatten und kurz vor dem Ziel wieder nach Hause fuhren. Diesen Anschein hatte es allerdings nicht. Die beiden näherten sich der Tür, blieben aber kurz davor stehen und sprachen miteinander. Die Spannung war unerträglich. Meine Arme begannen wegen der unnatürlichen, verkrampften Haltung bereits zu schmerzen. Ich lauschte angestrengt, was die beiden sprachen:

"Schatz, ich bin so glücklich, dich zu haben. Laß dich küssen!"

"Ja, du Glückspilz. Eine Sklavin schneit einem nicht so einfach ins Haus".

Die beiden knutschten vermutlich, was mir wertvolle Zeit verschaffte. Ich zog meine Fesseln mit aller Kraft stramm und war nun dem völlig ahnungslosen Paar ausgeliefert. Die Tür wurde aufgeschlossen, die beiden traten ein und blieben wie erstarrt mit offenem Mund stehen. Damit sie bloß nicht an ein Verbrechen glaubten und die Behörden alarmierten, trat ich keß die Flucht nach vorne an: "Eine Sklavin aus echter Veranlagung sucht sich ihre Herrschaften selbst aus. Außerdem gibt es für mich kein Zurück mehr, ich darf mich von euch nicht abweisen lassen. Ich erkläre hiermit meine Abhängigkeit!"

Der erste Schreck stand den beiden ins Gesicht geschrieben. Aber sie reagierten auf diese unerwartete Begegnung zum Glück so, daß sie erst einmal die Tür schlossen und versuchten, die Situation zu begreifen. John wies Vanessa an, aus dem Fenster Ausschau zu halten, ob es Anzeichen dafür gab, daß dies eine Falle war. Währenddessen schaute er sich meine Fesseln an, ob sie nicht nur Dekoration waren. Nachdem sich draußen nach einer Weile nichts getan hatte, sagte er zu mir:

"Du schuldest uns eine Erklärung für diesen Schreck, findest du nicht? Wie bist du überhaupt hier hereingekommen, wir hatten erst kürzlich das Schloß austauschen lassen? Überleg dir gut, was du uns erzählst, sonst gibt es zu den Fesseln auch noch den passenden Knebel. Eins habe ich anhand deiner Fesseltechnik schon begriffen: Du hast es ganz alleine gemacht und wenn du nicht völlig durchgeknallt bist, hast du auch gewußt, wann wir kommen. Also raus mit der Sprache!"

Ich erklärte meine Lebensumstände. Erst wollten sie mir nicht recht glauben. Als ich ihnen aber im Detail erklären konnte, durch welche Konsumgewohnheiten sie sich verdächtig gemacht hatten, fingen sie an, Vertrauen zu fassen. Da war z.B. der mehrfache Kauf

von zu langen Hosen, ohne späteren Kartenbeleg der Änderungs-
schneiderei für deren Kürzen. Es hätte zwar auch selbst umgenäht
sein können, aber in den letzten Jahren wurden nie Kurzwaren
gekauft. Nach mehreren solcher Beispiele erzählte ich den beiden,
daß ich sie auf der Liste gefunden und später hatte löschen lassen
und wie ich an den Nachschlüssel gekommen war. Langsam tauten
sie auf. Auch ich fand jetzt die Ruhe, mir die beiden genauer anzuschauen. Auf Vanessa war ich schon etwas neidisch. Noch einmal
in dem Alter und mit der Figur ausgestattet sein, das wär's. John
wäre ich gerne früher und alleine als Herrn und Meister begegnet.
Als ich von dem Trick mit dem Selfstorage berichtete, waren sie
nicht begeistert, so in die Sache hineingezogen zu werden. Dann
besannen sie sich wieder darauf, daß ich sie von der Liste löschen
ließ und es war gut. Nachdem wir mehrere Stunden miteinander
gesprochen hatten, hatten wir Vertrauen zueinander gefaßt.

"Patricia, jetzt ist es aber höchste Zeit, dich loszubinden."

"Eins solltet ihr wissen: ich bin fesselsüchtig, mindestens devot,
etwas maso, will bevormundet werden und muß manchmal vor mir
selbst beschützt werden. Ich habe keine Angst davor, meine körperliche Freiheit zu verlieren, lediglich davor, an die falschen
Herrschaften zu geraten. Das Schlimmste wäre für mich, wenn die
Institutionen mich in die Finger bekämen und ich meine Neigung
nicht mehr ausleben könnte, meine Ansichten mit niemand mehr
austauschen dürfte und psychisch fertiggemacht würde. Gebt mir
etwas zu trinken und führt mich auf die Toilette, dann bin ich momentan schon zufrieden."

"Einverstanden. Aber hier kannst du nicht bleiben. Das ist nur ein
Wochenendhäuschen, daß wir vor kurzem geerbt haben und wo
wir ab und zu die frische Landluft und die Ruhe genießen. Wir
müssen dich in unsere Wohnung mitnehmen. Was denkst du,
Vanessa?"

"Das wird wohl die einzige Möglichkeit für unsere ungebetene
Untermieterin sein. Da es ihr ohnehin Spaß macht, laß sie uns im
Kofferraum gefesselt und geknebelt mitnehmen. Patricia, wenn du
vorhast, mir die Schau zu stehlen, wird es dir schlecht ergehen,
das verspreche ich dir!"

Der heimliche Transport gelang. John holte in der kommenden
Woche noch meine Koffer aus dem Selfstorage. Der Verwalter

Scott rief an und berichtete aufgeregt, er hätte das Haus aufschließen müssen, weil die Behörden eine flüchtige Person aus der Gegend verfolgten. Sie wären aber rasch und ohne Ergebnis wieder abgezogen. Mein verrückter Plan hatte funktioniert, ich war erst einmal von der Bildfläche verschwunden und in Sicherheit.

Ein kluger Herr tut gut daran, nicht zwischen die Fronten zweier Sklavinnen zu geraten. Nicht, daß Vanessa und Patricia nicht miteinander klargekommen wären, aber es lag eine Spannung in der Luft, die der Klärung bedurfte. Ich mußte beiden noch einmal bewußt machen, wer der Herr im Haus war und ihnen zeigen, welche unterschiedlichen Stellungen ihnen zugedacht waren. Folgerichtig hatte ich Vanessa einigermaßen bequem auf dem Bett als Spread Eagle an allen Vieren festgebunden, während Patricia im Hogtie auf dem Teppich vor dem Bett vorliebnehmen mußte. Es ergab sich dadurch, daß sie einander nicht sehen konnten. Ich setzte mich auf den Bettrand, von wo aus ich beide im Blick hatte.

"Unser Zusammenleben muß geklärt werden, um Eifersüchteleien zu verhindern und damit unser Alltag organisiert werden kann."

Sofort legten die beiden los:

"Ich weiß, wie wir die Einkäufe von Lebensmitteln und Kleidung in einer anderen Kleidergröße so verschleiern können, daß unser veränderter Haushalt nicht auffällt."

"Das weiß ich auch. Du wirst nackt angekettet und bekommst halbe Rationen, um ein wenig abzunehmen."

"Ich kann euch wirklich nützlich sein. Als ich dem Konsumzwang entfliehen wollte, habe ich heimlich gelernt, wie man Kleider näht und Schuhe repariert. Ich wäre sogar bereit, mein Wissen zu teilen."

"John, das gefällt mir. Sie soll uns bedienen, wenn sie nicht gerade ruhiggestellt ist. Einschließlich des Kloputzens!"

"Wenn du mich gefesselt gefangenhalten willst, wirst du es sein, die mich zum Klo führt und mir den Hintern abwischt, meine Liebe!"

"Glaubst du? Wir haben da wunderschöne Windeln..."

"Schluß jetzt, alle beide! Kann man als Herr mit zwei Sklavinnen so schnell so sehr gestraft sein? Ihr müßt erst einmal wieder zur Besinnung kommen. Dazu gebe ich euch sofort Gelegenheit."

Im Nu hatte ich beide geknebelt. Sie wanden sich vergeblich in ihren Fesseln. Patricia zappelte wie ein Fisch auf dem Trockenen und es gelang ihr nicht, den Knebel herauszudrücken, so sehr sie es auch versuchte. Vanessa dagegen räkelte sich nur sanft und fügte sich augenblicklich in ihr Schicksal, da sie mir - wie stets - blind vertraute. Ich verließ das Schlafzimmer und horchte, was dort weiter vor sich ging. Beide versuchten immer noch, sich gegenseitig zu beschimpfen. Das zweistimmige "mmhhh-grrr" aus dem Nebenraum erregte mich plötzlich. Meine Hose wurde rasch zu eng, also öffnete ich sie und befriedigte mich kurzentschlossen selbst. Es wäre ein Leichtes gewesen, mit meinem guten Stück mindestens einer der beiden zwangsweise den vorlauten Mund zu stopfen. Es schien mir aber angebracht, außer Sichtweite zu bleiben, um mein Gesicht zu wahren. Nachdem ich zum Höhepunkt gekommen war, kam ich mir anschließend ziemlich dämlich vor - ein Dom, der sich vor seinen Sklavinnen versteckt, wo gab es denn so etwas? Ich ging kurz ins Bad, brachte meine Kleidung in Ordnung und kehrte zu den beiden zurück, die inzwischen schon deutlich stiller geworden waren.

"Meine Damen, sind wir nun in der Lage, vernünftig über uns Drei zu sprechen?"

Doppeltes Kopfnicken. Ich entfernte die Knebel wieder.

"Schaut mal, so einfach ist das alles nicht. Ich führe euch, aber manche Gedanken müssen einfach in eure Köpfe hinein. Also: Vanessa und ich sind beide berufstätig. Auch wenn wir viele Dinge aus dem Homeoffice erledigen, sind wir doch oft beide tagsüber nicht zu Hause. Mir fallen auf Anhieb folgende Probleme ein, die für Patricia gefährlich werden könnten: Schlichte Langeweile, wenn sie den ganzen Tag allein eingesperrt ist. Wie sollen Arztbesuche funktionieren, falls sie einmal ernsthaft erkrankt? Nicht nur, daß es Fragen nach ihrer Identität geben würde, sie ist ja dann nicht einmal mehr krankenversichert. Wenn es wirklich auf Langzeit-Bondage hinausläuft, stellt sich nicht nur die Frage nach Windel oder zum WC führen, sondern auch die des Wundliegens.

Von zu wenig Sonne für jemand, der nicht hinaus darf, nicht zu reden. Das Sexuelle zwischen uns muß praktisch geregelt werden, sonst wird trotz aller Versprechen irgendwann jemand schwach werden. Das heißt nichts anderes als zumindest zeitweise strikte Keuschhaltung. Ein paar moralische Bedenken habe ich auch. Und was ist mit der Sicherheit, was ist, wenn hier ein Feuer ausbrechen würde, während Patricia gefesselt alleine ist und nicht weglaufen kann? Wenn sie alleine geknebelt ist, besteht die Gefahr des Erstickens, wenn sie einen Hustenanfall bekommt. Wenn wir sie wirklich so gefangenhalten wollen, daß jede Flucht unmöglich ist, werden wir zu Kerkermeistern und Altenpflegern, so intensiv müssen wir uns um sie kümmern. Wenn wir dabei nicht aufpassen, werden wir noch selbst zu Gefangenen in unserer eigenen Wohnung. Hat darüber vielleicht schon mal jemand nachgedacht?"

Vorübergehendes allgemeines Schweigen. Dann wollte Patricia wissen:

"Was meinst du mit moralischen Bedenken?"

"Meine Vanessa steht über dir, Patricia, das brauche ich wohl nicht weiter zu erklären. Wir beide leben unsere Neigung im gegenseitigen Einverständnis aus und könnten theoretisch jederzeit damit aufhören, wenn einer von uns es nicht mehr möchte. Niemand von uns hatte bislang das Ziel, ein 24/7-Fetischpüppchen zu erschaffen. Du hingegen, Patricia, suchst eine Gefangenschaft oder Versklavung ohne Möglichkeit der Rückkehr. Nach einer Art Probezeit willst du uns dein unwiderrufliches Einverständnis dafür geben, zukünftig auch gegen deinen Willen gefangengehalten zu werden und mit allen Mitteln an einer Flucht gehindert zu werden. Darf man einen Menschen so einsperren, selbst wenn dieser das so will - oder später eben auch nicht? Diese Phantasie hast du wohl schon sehr lange. Erzähl uns beiden mal genau, wie sich das für dich anfühlt und warum du das willst."

"Das wird ein längerer Vortrag, es ist gar nicht einfach zu beschreiben. Also, mich selbst zu fesseln mache ich eigentlich nur wegen dieses Gefühls der Fesseln selbst, welches mich erfüllt. Allerdings ist es nur bedingt spannend für mich, da ich ja jederzeit meine Fesseln auch selbst wieder lösen könnte. Dabei fehlt mir einfach dieses Gefühl der Fremdbestimmung. Ich hatte öfter Online-Kontakte, bei denen ich mich für das Gespräch vor der

Kamera selbst anketten mußte. Das ging dann schon eher in die gewünschte Richtung, da die Entscheidung dazu nicht von mir selbst kam. Da war dann schon der gewisse Zwang dahinter, den ich dabei sehr mag. Komplett hilflos gemacht zu werden, ist für mich eine große innere Zufriedenheit, wie soll ich es sonst nennen... Eben das Gefühl, nun in der Position zu sein, keine Selbständigkeit mehr zu besitzen. Wenn ich beispielsweise mit Handschellen vorne an einem Taillengurt gefesselt bin, habe ich noch in geringem Umfang die Möglichkeit, mit den gefesselten Händen etwas zu machen. Würden mir als zusätzliche Sicherung noch Kugelfäustlinge angezogen, dann wäre es damit nahezu unmöglich. Ich wäre dann nur noch eingeschränkt handlungsfähig, was ich sehr genießen würde. Zu wissen, daß ich eben völlig abhängig bin und selbst einfache Dinge absolut nicht mehr tun kann, wie z.B. etwas trinken, essen, zur Toilette gehen oder sogar mir einfach nur mal eine Haarsträhne aus dem Gesicht wischen - ich müßte für jede Kleinigkeit fragen und um Hilfe bitten. Wenn man fest zusammen wohnt, so war es immer mein Traum, dann hätte ich zwar noch die Gewißheit eben dieser Hintertür, während meiner 'Probezeit' noch aussteigen zu können. Aber diese wäre zeitlich begrenzt. Danach wäre es die totale Auslieferung und es gäbe keine Möglichkeit mehr, einfach in das normale Leben zurückkehren zu können. Es wäre eine gewisse Ausweglosigkeit, durch die ich erst lernen würde, mich völlig unterzuordnen, eben in dem Wissen, daß ich keine Möglichkeit mehr hätte, daran noch etwas zu ändern. Selbst der Versuch, mich dagegen zu wehren, hätte keinen Sinn, da dann die Fesseln unter Zwang angelegt würden und meine Lage danach trotzdem dieselbe sein würde. Es würde vielleicht auch harte Zeiten geben, in denen mir der Sinn nach Freiheit steht und ich keine Fesseln will, aber da würde ich erfahren, daß ich sie trotzdem angelegt bekomme. Egal was ich versuchen würde, ich würde mich da klein fühlen, hilflos und völlig ausgeliefert. Die einzige Sicherheit, die ich verlangen würde, wäre das Aufsetzen eines Sklavenvertrags. Das wäre für mich und meine Herrschaft eine Leitlinie, die schriftlich fixiert wurde und die unter anderem auch den Umfang bestimmt, in dem ich Unannehmlichkeiten zu erdulden hätte. Dem würde ich mich dann beugen, auch wenn ich natürlich weiß, daß so ein Vertrag rein rechtlich keine Wirkung hat."

"Da du unsere Wohnung ohnehin nicht mehr verlassen solltest, weil sie dich suchen, macht es inzwischen keinen so großen Unterschied mehr. Deine Arbeit, Wohnung, selbst eigene Kleidung, alles hast du verloren, als du flüchten mußtest. Ungewollt bist du so deiner 'es gibt kein Zurück'-Phantasie schon viel näher gekommen. Auch wir beide haben ein Interesse daran, daß du uns nicht ausreißt, damit du uns nicht eines Tages doch verraten kannst, wenn sie dich fangen und verhören. Die Idee mit dem Sklavenvertrag, in dem die Rechte und Pflichten aller Beteiligten festgehalten werden, finde ich gar nicht schlecht. Diese Sicherheit sollte man dir zugestehen, weil du später absolut wehrlos sein wirst. Allerdings entfällt unter unseren besonderen Umständen die Probezeit und die Möglichkeit, bei Nichtgefallen einfach wieder zur Tür hinauszuspazieren. Du darfst noch eine Nacht darüber schlafen, dann wird der Vertrag aufgesetzt. Damit es keine digitalen Spuren gibt, werden wir uns in den kommenden Tagen die Mühe machen, ihn mit der Hand zu schreiben, mir graut schon davor."

Es war nun an der Zeit, die beiden wieder zu befreien. Die Spannung war verflogen und sie umarmten sich versöhnlich. Alles Weitere mußte der Alltag zeigen.

Wir feilten in den nächsten Tagen an dem Vertrag. Anregungen fanden wir im Netz in einem Artikel über Knebelverträge, die ein Fernsehsender mit den Kandidaten einer Reality-Show abgeschlossen hatte. Schließlich brachten wir ihn zu Papier. Feierlich setzten wir unsere drei Unterschriften darunter (Abdruck im Anhang, Anm. d. Autors). Mit Vanessa hatte ich im Stillen abgesprochen, daß wir den Vertrag bei der nächsten Fahrt mit in unser Häuschen nehmen und dort verwahren wollten. Dort wäre er sicherer vor Entdeckung. Außerdem war er uns recht ausführlich geraten und spiegelte den Geist des Hier und Jetzt wieder, so daß er zu einem weiteren Dokument gereift war, geeignet, um die vorhandene Sammlung zu ergänzen und so auch von uns eine Spur in der Zeit zu hinterlassen. Die Bedeutung unseres Häuschens hielten wir vor Patricia nach wie vor geheim. Wir gaben vor, nur ab und zu zur Erholung am Wochenende dorthin zu fahren und daß es für sie zu gefährlich sei, mitzukommen, um nicht entdeckt zu werden, gerade dort, wo sie geflüchtet war.

Das Miteinander der kommenden Monate lehrte uns einige überraschende Dinge. Es war kein Widerspruch, daß Patricia als fast immer mehr oder weniger streng gefesseltes Püppchen ganz normal am Alltagsleben teilnahm, halt mit den entsprechenden technischen Einschränkungen. Anfangs nervte sie uns, wenn sie uns in politische Diskussionen verwickeln wollte. Dann stellten wir sie mit einer entsprechenden Fixierung plus Knebel so lange ruhig, bis der Anfall vorüber war. Spannender waren ihre Innenansichten des herrschenden Systems, zu denen wir Normalsterbliche sonst keinen Zugang hatten. Patricia war als Beraterin nur eine Rand-figur gewesen, aber doch so nahe dran, daß sie einige Gesichter und deren Funktionen gut kannte. Sie mahnte uns, daß es selbst mit ihrem Wissen ein aussichtsloser Kampf gegen ein anonymes System sein würde, den niemand gewinnen könnte. Patricias oft passive Anwesenheit machte ein harmonisches Zusammenleben erst möglich. Wir wären uns sonst zu dritt in einer Wohnung be-stimmt auf die Nerven gegangen, zumal es draußen inzwischen Winter geworden war und wir nicht mehr so viel Zeit draußen ver-brachten. Aber so funktionierte es recht gut.

Wir bezogen Patricia immer weiter mit ein. Wir zwangen sie, uns beim Sex zuzuschauen. Dazu hatten wir ihre Hände in Handschel-len ganz kurz am Halsgeschirr befestigt. Bis auf die High Heels war sie nackt. Eine nicht allzu lange Kette verband ihre kurz ge-haltenen Fußschellen mit dem Heizkörper an der Wand des Schlaf-zimmers. Natürlich erregte sie unser Treiben und es bereitete ihr sichtbar Unbehagen, ihre Spalte nicht anfassen oder an etwas reiben zu können, obwohl es aus ihr bereits zu tropfen begann. In ihrer Not verrenkte sie ihre Hände, so daß sie gerade noch ihre Brustwarzen erreichen und steif werden lassen konnte. Später lös-ten wir die Verbindung zwischen den Handschellen und dem Hals-geschirr. Wir verpaßten ihr einen Dildo, den ein strammes Mieder-höschen an seinem Platz hielt und ein enges Korsett. Sie wurde von der Kette zum Heizkörper losgemacht und ihre Fußschellen auf etwas mehr Bewegungsfreiheit umgeschlossen. So, immer noch genug eingeschränkt, ließen wir sie für uns kochen und uns am Tisch bedienen. Sie machte ihre Sache gut und erlaubte sich keinen Fehler, der eine Bestrafung wert gewesen wäre. Ein ande-res mal nötigten wir sie, den ganzen Tag lang entweder nur her-umzusitzen oder zu -liegen. Wir hatten sie in ihre extremsten High Heels eingeschlossen, in denen sie kaum laufen konnte. Sie mußte demütig auf allen Vieren durch die Wohnung kriechen, wenn sie irgendwo hin wollte. Sexuell durfte sie nur auf ihre Kosten kom-men, indem sie uns Vergnügen machte. Mal hatte sie Vanessas

Ritze zu lecken, mal meinen Schwanz zu blasen. Sie wurde davon so rattig, daß sie uns äußerst geschickt befriedigte, in der Hoffnung, auch ihre beiden Löcher gestopft zu bekommen, was wir ihr aber nur selten zugestanden. Sie machte alles ohne großes Murren mit und schien tatsächlich in ihrer Rolle aufzugehen. Bereits nach kurzer Zeit merkten wir, daß sie mit zu viel Freiheit nicht klar kam. Nur mit Handschellen vorne gefesselt zu sein war ihr zu wenig, außerdem war sie am liebsten ständig korsettiert und in High Heels. Ohne diese Dinge fühlte sie sich unsicher und irgendwie nackt. Wir hätten es nicht geglaubt, wenn wir es nicht selbst erlebt hätten. Aber das Ende ihrer Fahnenstange war noch lange nicht erreicht, wie sie uns mitteilte.

"Macht doch eine richtige Langzeitfesselung mit Sinnesentzug mit mir, ohne Wenn und Aber. Die habe ich mir schon immer gewünscht. Drei bis vier Tage hoffnungslose Hilflosigkeit!"

Während ich noch zögerte, unterstützte Vanessa überraschenderweise diese Bitte:

"John, das ist etwas, was ich mich nicht auszuprobieren traue und was du mir nicht antun könntest, weil du mich dafür zu sehr liebst. Durch Patricia haben wir die einmalige Chance zu erfahren, wie es sich wirklich anfühlt."

Dieser weiblichen Logik und zwei bittenden Augenpaaren mochte ich mich nicht verschließen. Ich machte allerdings zur Bedingung, daß es nur um die Gefangenhaltung an sich ginge und wir Sexuelles vorübergehend ausschließen würden. Das wurde akzeptiert. Wir trafen die nötigen Vorbereitungen. Unsere eigenen Fesselutensilien zusammen mit den von Patricia eingebrachten genügten völlig. Wir bauten ein separates Gästebett auf, welches wir mit den nötigen Fixierungspunkten versahen. Auch ein Stuhl aus dem Keller wurde wieder ans Tageslicht befördert und mit Möglichkeiten für Befestigungen versehen. Wir überlegten, daß es statische Phasen und Phasen des Übergangs geben würde. Statische Phasen wären das Liegen auf dem Bett oder das Sitzen auf dem Stuhl am Eßtisch. Übergangsphasen wären der Gang zur Toilette oder der Gang zum Eßtisch. John zeigte sich wieder einmal handwerklich geschickt und verstärkte Bett und Stuhl mit Metallwinkeln, so daß Patricias Körperkraft nicht ausreichen würde, um etwas loszureißen. Patricia schaufelte an ihrem eigenen Grab mit, indem sie eine Fesselhose aus Segeltuch nähte, die die Zwangsjacke ergänzen würde. Der Plan sah vor, daß Patricia die überwiegende Zeit auf dem Bett fixiert zubringen würde.

So geschah es dann auch. Es bewährte sich, daß Patricia ständig eine Windel mit Gummihose darüber trug. Jeweils morgens und abends vor unserem Zubettgehen wurde Patricia mit Trippelschrittchen zur Toilette geführt und für eine halbe Stunde an ihr angekettet, egal ob sie ihr Geschäft verrichten mußte oder nicht. Dann wurde eine neue Windel angelegt. Auf dem Bett liegend trug Patricia überwiegend Zwangsjacke und Fesselhose. Da es sich um unsere, auf meine schlankere Vanessa zugeschnittene Zwangsjacke handelte, saß sie bei der etwas fülligeren Patricia sehr eng und ließ ihr keinen Bewegungsspielraum. Zusätzlich war sie mit etlichen Riemen am Bett fixiert. Auf ihren ausdrücklichen eigenen Wunsch hatten wir ihr 12 cm hohe Pumps mit abschließbarem Fesselriemen angezogen. Ihre Augen waren mit speziellen Pflastern aus dem medizinischen Bedarf zugeklebt und wir hatten ihr Ohrstöpsel eingeführt. Zwischendurch wechselten wir für kurze Zeitabschnitte mal die Zwangsjacke, mal die Fesselhose gegen Manschetten mit Schlössern aus, um ihr eine andere Lage auf dem Bett zu ermöglichen. Wir achteten stets darauf, daß es nicht die geringste Gelegenheit gab, daß Patricia sich selbst befreien oder gar befriedigen konnte. Für die Übergangsphasen gab es Fußschellen mit einer ganz kurzen Kette. Weil sie nichts sehen konnte und nach den langen Liegezeiten nur äußerst unsicher auf ihren Absätzen laufen konnte, mußte Patricia sich ohnehin führen lassen, die Gefahr des Hinfallens wäre sonst einfach zu groß gewesen. Beim Essen zu Tisch wurden Patricias Beine nach hinten gezogen und festgebunden sowie ihre Hüfte am Stuhl fixiert. Sie behielt die Zwangsjacke an und wurde blind gefüttert. Wir achteten darauf, daß das Essen leicht aufzunehmen war und nicht kleckerte. Getränke wurden über einen Strohhalm aufgenommen. Es würde zu weit führen, alle technischen Details und die vielen kleinen Probleme zu schildern, die während Patricias Gefangenschaft über 3 1/2 Tage zu berücksichtigen waren. Der Sinn des Experiments war, die Erfahrung aus Patricias Sicht geschildert zu bekommen. Nach ihrer Befreiung, einem ausgiebigen Bad (welches auch nötig war), einer guten Mahlzeit und etwas Schlaf saßen wir beisammen und hörten uns neugierig an, was sie zu berichten hatte. Sie hatte, nebenbei bemerkt, darauf bestanden, nach dem Bad wieder eine minimale Fesselung angelegt zu bekommen, die aus Fußschellen mit einer längeren Kette und Handschellen vorne, beide mit einer Kette verbunden, bestand.

"In den ersten Stunden habe ich alles probiert, um mich zu befreien. Aber so sehr ich mich auch abgestrampelt habe, ihr habt mir nicht die geringste Möglichkeit dazu gelassen. Nach einer Weile beruhigte ich mich und tat das Naheliegende, ich machte ein Nickerchen. Als ich wieder aufwachte, ohne jegliches Zeitgefühl, hatte ich plötzlich ein Angstgefühl. Was, wenn ihr auch einschlafen und nicht wieder aufwachen würdet, was würde aus mir werden? Ich beruhigte mich wieder, indem ich mir sagte, daß es bei zwei Personen, die über mich wachten, kein großes Risiko geben konnte. Trotzdem kam mir dieser Gedanke noch mehrmals in den Sinn. Das Tragen der Windel gab mir ein sicheres Gefühl, aber anfangs konnte ich sie einfach nicht benutzen, obwohl meine Blase zum Platzen gefüllt war. Beim ersten Mal schaffte ich es, bis zum nächsten Toilettengang einzuhalten. Später, auch weil ich die Zeit nicht abschätzen konnte, ließ ich es einfach geschehen. Zur gefühlten Nachtzeit wachte ich mehrmals auf und schlief bald darauf wieder ein, weil es ohnehin die einzige Möglichkeit war, ich konnte nirgendwo hingehen. Was ich total unterschätzt hatte, war der Verlust der Sinne des Sehens, Hörens und des Bewegens. Die Situation fühlte sich nicht mehr real an, als wenn ich in einem Traum oder Film wäre. Ich dachte über meine Fantasien nach, die mich in diese Situation gebracht hatten und zerrte zwischendurch immer wieder vergeblich an meinen Fesseln. Meine einzigen Orientierungspunkte waren die Übergangsphasen zum Essen und für den Toilettengang. Das mit dem Essen klappte gut, ich hatte wenig Appetit, vermutlich weil ich mich kaum bewegte. Vergebens versuchte ich, die Essenszeit auszunutzen, um vom Stuhl aufzustehen. Auf der Toilette, wo ich vermutlich diskreterweise eine Zeitlang alleine war, testete ich ebenfalls, was ging, um freizukommen, aber es ging nichts. In den Tagen meiner Gefangenschaft geschah also eigentlich nicht viel, außer in meinem Kopf, aber darin umso mehr. Mein Verstand wußte natürlich vom ersten Tag an, daß ich hilflos war. Ich hatte oft genug versucht, mich zu befreien und über meine Situation nachgedacht. Aber erst nach einer gewissen Zeit lernte auch mein Körper, daß er völlig hilflos war. Das war etwas ganz anderes als der intellektuelle Ansatz. Danach fiel es mir viel leichter, mich damit abzufinden. Manchmal hörte ich etwas durch die Ohrstöpsel und wußte dann, daß ihr in der Nähe seid. Die merkwürdigsten Gedanken gingen mir durch den Kopf. Wenn ich euch rufen würde, stünde mir das zu oder müßte ich befürchten, auch noch geknebelt zu werden? Ich riskierte es lieber nicht. Was, wenn Nachbarn unerwartet zu Besuch kämen und mich so vorfinden würden, in einer Zwangsjacke, in einer Windel und am Bett fixiert? Mit fortschreitendem Zeitablauf hatte ich eine weitere sonderbare Erfahrung. Es fühlte sich an, als ob ich keine Arme mehr hätte. Natürlich wußte ich, daß ich Arme habe, auch wenn ich sie nicht sehen konnte. Aber ich mußte mich erst zwingen, sie ganz bewußt im Rahmen meiner Möglichkeiten minimal zu bewegen, um diesem Spuk ein Ende zu bereiten und mich zu vergewissern, daß sie doch noch vorhanden waren. Nicht ganz so arg, aber ähnlich verhielt es sich mit der Zwangshaltung meiner Füße. Sie schienen mit den Schuhen zu einer selbstverständlichen Einheit zusammengewachsen zu sein. Zur Zwangsjacke an sich muß ich noch ein paar Worte verlieren. Ich halte sie für fast die einzige Möglichkeit für solche längeren Zeiträume, ansonsten kämen nur noch medizinische Fesselsysteme in Frage. Ich habe einmal gelesen, daß sich bei ihrem eigentlichen Einsatzzweck, bei psychisch Kranken, rasch eine Beruhigung einstellt, weil sie sich in ihr selbst umarmen müssen und so angeblich ein unterbewußter Bezug zur Liebe einer Mutter hergestellt wird. Das kann ich nicht bestätigen, meine Erkenntnis war eine völlig andere. Nachdem ich wieder und wieder festgestellt hatte, daß ich an meiner Situation nichts ändern konnte, entschieden mein Körper und mein Unterbewußtsein, aufzugeben. Mein Verstand wäre nicht dagegen angekommen. Scheinbar fügt der Mensch sich in das Unvermeidliche. Das war es wohl, wonach ich instinktiv immer gesucht hatte. Ein völliges Loslassen und eine große Gleichgültigkeit gegenüber der Welt um einen herum. Ich dachte auch darüber nach, daß es sexuelle Bedürfnisse waren und sind, dich mich zu diesen Dingen treiben. Nur daß ich hier wenig Verlockungen hatte, mich sexuell auszuleben und daß ich keineswegs dauergeil war, im Gegenteil, ich war wie in Watte gepackt. Nur als ich einmal aufwachte, war ich sehr erregt und obwohl ich es für sinnlos hielt, begann ich mit meiner Windel so gut es ging hin und her zu rutschen und mich am Bett zu reiben. Zu meiner eigenen Überraschung bekam ich einen kleinen Orgasmus, ich hätte es nicht für möglich gehalten. Nachdem ich am Ende befreit wurde, habe ich jetzt ein Glücksgefühl, welches ich vorher noch nie hatte. Ich glaube, daß es noch abklingen, aber nie mehr ganz verschwinden, sondern für immer anhalten wird. Irgendetwas ist mit mir passiert, irgendetwas hat sich verändert. Dieses Gefühl, sich selbst aufzugeben, das ich geschildert habe, sitzt unerwartet tief. Es ist, als ob es mich weit geöffnet hat, mich aber nie wieder ganz schließen wird. Das macht mich alles gerade etwas orientierungslos und bringt meinen Kopf ganz schön durcheinander."

Nachdem einige Tage vergangen waren, kam Patricia noch auf einen anderen Aspekt zu sprechen:

"Nach dem, was ihr mir über eure Art des Zusammenlebens erzählt habt, seid ihr der Typ, der sich eher privat mit dem Partner auslebt. Natürlich gefallen euch auch Spaziergänge an der frischen Luft, solange keiner mitbekommt, wie es unter der Kleidung aussieht. Ich dagegen wäre stolz darauf, sichtbar als gefesselte Sklavin in der Öffentlichkeit vorgeführt zu werden. So richtig in Ketten, mit Halsband und an der Leine geführt. Das wäre mir eine Ehre und ein großer Wunsch. Aber in dem heutigen Umfeld ist das ganz undenkbar, es wird wohl ein unerfüllter Traum bleiben."

Wir dachten darüber nach, ihr später einmal vielleicht diesen Wunsch teilweise durch einen Fessel-Spaziergang in unserer Allee zu erfüllen, sagten ihr aber kein Sterbenswörtchen davon.

Mit der Zeit wuchs uns Patricia ans Herz. Inzwischen hörten wir uns ihre politischen Ansichten zumindest an. Einmal mehr richtete sie einen flammenden Appell an uns:

"Die wollen unseren Lebensstil ausrotten! Sie wollen unsere 'perverse' Spezies vernichten. Unsere Subkultur hat es immer gegeben. Eine Idee, ein Gedanke, hat keine physikalische Eigenschaft, die sich vernichten ließe. Aber unsere Körper, Fotos, Schriften, Fetisch-Gegenstände etc. leider schon. Es braucht nur ein Diktator anzuordnen, die entsprechenden Dateien löschen zu lassen, was bleibt dann noch für die Zukunft? Es gibt heute keine Tontafeln, Höhlenmalereien, Negative oder dergleichen mehr, die man für spätere Generationen retten könnte oder die zufällig wiedergefunden würden. Was die Menschen privat gespeichert haben, liegt gar nicht mehr bei ihnen zu Hause, sondern in externen Datenspeichern, wo es leicht gefunden und gelöscht werden kann.

Nehmt doch beispielsweise Bücher. Erst besaß man sie gedruckt. Später lud man sie sich als Ebook herunter und konnte so wenigstens noch die Datei besitzen. Inzwischen leiht man sich das Ebook aus und mit dem Erreichen des Verfallsdatums steht man wieder wie zuvor ohne da. Bis zur nächsten Ausleihe könnten unliebsame Stellen im Buch zensiert worden sein, einfach verschwunden...".

Das war das Stichwort für uns. Wir sprachen heimlich darüber, wie recht sie hatte, ohne zu ahnen, was wir da in Surrey aufgetan hatten. Wären dort nicht alte Dokumente und faßbare Gegenstände gelagert, wären vermutlich tatsächlich kaum noch Dinge dieser Art existent. Wir diskutierten länger darüber, ob wir Patricia ins Vertrauen ziehen sollten. Wir entschlossen uns am Ende dazu. Es sollte aber schon ein besonderer Anlaß sein, an dem wir es ihr mitteilten.

Da kam uns der anstehende Jahreswechsel gerade recht. Wir mochten Patricia am Silvestertag nicht alleine lassen, während wir auswärts feiern gingen. Sie durfte erstmals bei uns ein chices Fesselkleid anziehen, welches sich unter ihren geretteten Sachen fand. Wir hatten bislang entschieden, daß es noch keinen passenden Anlaß gegeben hatte, um es zu tragen. Das Kleid war eng tailliert und sie konnte es nur anziehen, wenn ihr Korsett darunter gut geschnürt war. Es hatte einen durchgehenden Reißverschluß vom Rücken bis zum knöchellangen Rock. Je nachdem, wie weit man den Reißverschluß herunterzog, wurde der Rock zum Humpelrock, der nur noch kleinste Schrittchen gestattete. Die Ärmel des Kleides konnten durch etliche Ösen entweder seitlich am Körper anliegend befestigt werden oder vor der Brust wie bei einer Zwangsjacke. Wir stellten fest, daß wir uns zuvor richtig entschieden hatten - in dem Kleid verwandelte sich Patricia zusehends in eine Dame, die um ihre Wirkung wußte. Wir ließen sie den Abend über in der Zwangsjacken- und Humpelrock-Variante. Eine halbe Stunde vor Mitternacht öffneten wir den Rock bis über die Knie und lösten die Ärmel völlig von den Befestigungen. Sie war kurz irritiert darüber, völlig frei dazustehen. Das legte sich wieder, als die Handschellen vorne klickten, aber es blieb in ihrem Gesicht noch ein unausgesprochenes 'Was, mehr nicht?' Jedenfalls konnte sie so mit uns auf das neue Jahr anstoßen, als die Uhr Zwölf schlug.

"Patricia, nachdem du so unerwartet in unserem Leben aufgetaucht bist, sind inzwischen einige Monate vergangen. Ich darf wohl sagen, daß es auch ein neuer Lebensabschnitt für uns beide geworden ist. Wir haben uns mittlerweile so an dich gewöhnt, daß wir dich nicht mehr missen möchten, weder als Sklavin noch als Mensch, mit dem man gute Gespräche führen kann."

"Das Kompliment kann ich nur zurückgeben. Ihr seid streng, aber gerecht. Ich bereue es nicht, daß ich den Sklavenvertrag unterschrieben habe. Wo bewahrt ihr ihn eigentlich auf?"

"Heute ist ein besonderer Tag, darum durftest du das Kleid anziehen und bist nur minimal gefesselt. Wir haben dir etwas mitzuteilen, was genau damit zu tun hat, wo ein geeigneter Ort wäre, um ein Schriftstück dieser Art oder auch unsere ganzen Fetisch- und Bondage-Sachen sicher aufzubewahren. Wir glauben dir, was du über dich erzählt hast und wir vertrauen dir. Du denkst in einem größeren Horizont als wir, was Politik und Gesellschaft angeht. Deswegen wirst du hoch erfreut sein über das, was du jetzt erfährst. Nun bist du an der Reihe, uns zu glauben oder nicht, denn es wird noch einige Zeit vergehen, bis wir es riskieren können, dich wieder an die frische Luft zu lassen, so daß du es mit eigenen Augen sehen kannst."

Wir berichteten ausführlich, welch einzigartigen Schatz wir besaßen und wie das alles gekommen war. Patricia erkannte sofort, daß diese einmalige Sammlung um jeden Preis für die Zukunft bewahrt werden mußte. Die Chance, daß so etwas noch einmal auf der Welt existierte und daß auch noch die richtigen Menschen beisammen wären, die damit umzugehen wüßten, sei gleich Null, meinte sie. Sie war richtig begeistert davon, daß in unserem Versteck nur reale Dinge vorhanden waren und kein einziges Stück in Form digitaler Aufzeichnung.

"Kennt ihr nicht mehr den früheren Werbeslogan eines Mikrofilm-Herstellers? 'Digital für den Moment, analog für die Ewigkeit!'"

Seit diesem Jahresbeginn waren wir mehr als Freunde in der Not. Wir waren Verschwörer, in unserem eigenen kleinen Universum.

Eines Tages, in einer besseren Welt

Das System der Überwachung war zwar ausschließlich digital, vergaß aber leider so schnell auch wieder nichts. Patricia lebte schon rund ein halbes Jahr bei uns versteckt, aber wir vermuteten, daß ihre Parameter zur Gesichtserkennung noch für viele Jahre gespeichert sein würden. Es war sehr wahrscheinlich, daß man sie sofort hoppnehmen würde, sobald sie einen Bus besteigen oder innerhalb der Stadtgrenzen bloß über die Straße laufen würde. Wir beschlossen, das zu testen. Vanessa suchte sich Kleidung heraus, die derjenigen, die Patricia früher im Alltag getragen hatte, ähnelte. Sie suchte, für den Winter eigentlich unpassend, ihre flachen Ballerinas heraus, um nicht zu groß zu wirken. Sie kontaktierte eine Arbeitskollegin, die ganz in der Nähe von Patricias früherer Wohnung lebte. Sie erzählte ihr, daß sie in letzter Zeit mit ihrem Kosmetikstudio nicht mehr recht zufrieden sei. Wie erhofft, wußte die Kollegin guten Rat und empfahl ihr favorisiertes Studio in ihrer Nachbarschaft. Vanessa verfolgte den Wetterbericht und machte für einen als kalt, aber sonnig angekündigten Tag einen Termin. Sie schminkte sich nach Theatervorlagen so, daß ihr Gesicht etwas fülliger wirkte. Und dann war da noch der Trick mit der Sonnenbrille. Wir fotografierten Patricias Augen und druckten sie in Originalgröße aus. Wir schnitten kleine runde Schablonen daraus. In der Mitte ließen wir kleine Löcher, damit Vanessa noch etwas sehen konnte. Diese Papierschablonen versahen wir seitlich mit etwas durchsichtigem Klebeband. Vanessa spazierte zu ihrem Termin mit aufgesetzter, aber noch nicht präparierter Sonnenbrille. Sie schlenderte durch die Straßen nahe des Kosmetikstudios. An einer geeigneten Stelle, als ein geparkter Lastwagen den Sichtwinkel einer Überwachungskamera einschränkte, kramte sie kurz vor Erreichen des toten Winkels gut sichtbar in ihrer Handtasche, ging langsamer und entfaltete ein Taschentuch. Im Schatten des Lastwagens schneuzte sie sich, obwohl es nicht nötig war, warf das Taschentuch auf den Boden, nahm rasch die beiden Schablonen aus der Tasche und klebte sie von innen hinter die Gläser ihrer Sonnenbrille. Auf dem Straßenstück zwischen dem Lastwagen und dem Kosmetikstudio gab es mehrere Überwachungskameras. Vanessa schaute wie zufällig vom Bürgersteig auf die andere Straßenseite, als würde sie nach dem Kosmetikstudio suchen, um ein gutes Bild für die Kameras abzuliefern. Beim Betreten des Kosmetikstudios ging sie zur Garderobe, wobei sie dem Personal den Rücken zukehrte. Beim Ablegen des Mantels und dem Ausziehen der Sonnenbrille vollführte sie fast schon einen Taschenspielertrick, indem sie geschickt die beiden Schablonen von der Brille entfernte und verschluckte. Die Kosmetikerin kam, bemerkte die merkwürdige Schminke und meinte, das sähe ja scheußlich aus und käme mal gleich runter, was sie dann auch tatkräftig umsetzte. Es dauerte keine Viertelstunde, bis zwei auffällig unauffällige Herren den Salon betraten, ihre Ausweise vorzeigten und 'sich nur mal ein wenig umsehen' wollten. Sie schnüffelten überall herum, fragten, ob in letzter Zeit jemand den Raum verlassen hatte, um auf die Toilette zu gehen und schauten sich meinen Mantel an, in dem auch die Sonnenbrille steckte. Zum Schluß verabschiedeten sie sich freundlich und verließen den Salon schulterzuckend wieder.

Zu Hause sprachen wir lange darüber.

"Wir sind immer noch alle in ständiger Gefahr, entdeckt zu werden. Es ist nicht sicher, ob es so ewig gutgehen wird. Aber wir haben jetzt ein Ziel, das größer ist als unsere Lebensspanne. Wir haben durch die in unserer Zeitkapsel gefundenen Dokumente gelernt - und wir glauben fest daran - daß die momentan herrschende Unterdrückung unserer Lebensart und die heutige intolerante Gesellschaft nur eine vorübergehende Phase sind. Historisch hat es für Menschen wie uns immer gute und schlechte Zeiten im Wechsel gegeben."

"Ich sehe unsere Aufgabe darin, unseren Lebensstil für zukünftige Generation zu bewahren, in einer besseren Welt. Und zwar nicht als bloße Überlieferung oder in einem Museum, sondern zum Anfassen und Ausleben. Es scheint so, daß die Vorsehung des Herrn Wright uns dafür auserwählt hat. Wir können keine andere Hilfe holen und keine Gleichgesinnten um uns scharen. Sobald wir beispielsweise versuchen würden, eine entsprechende soziale Gruppe zu gründen, was nur im Netz geht, käme man uns sofort auf die Spur und würde alles entdecken. Wir sind heute mit Gott und der Welt vernetzt und trotzdem einsamer denn je, wenn es darauf ankommt."

"Wenn wir an eine bessere Gesellschaft in der Zukunft glauben, treten wir in die ehrenwerten Fußstapfen der Erbauer der gotischen Kathedralen des Mittelalters. Wer daran mitgebaut hat, wußte genau, daß sein Leben zu kurz sein würde, um die Fertigstellung zu erleben. Trotzdem glaubte man an das große Werk und war mit Eifer bei der Sache. Nicht nur diese Baustellen, auch die Kirche selbst hat nach diesem Prinzip funktioniert, beides allerdings zwischendurch mit einigen Durchhängern."

"Wenn wir aber nicht daran glauben würden und uns der Mut verlassen würde, dann müßten wir alle unsere schönen Sachen wegwerfen, um bei einer eventuellen Durchsuchung nicht aufzufallen."

"Wir schulden denen, die uns ihr Vermächtnis hinterlassen haben, ebenso etwas wie denen, die eines Tages unser Erbe antreten werden. Geschichte in digitaler Aufzeichnungsform ist scheinbar so oft nachträglich umgeschrieben worden, daß niemand mehr die ursprüngliche Wahrheit kennt, außer denjenigen mit Zugang zu gedruckten alten Büchern und Zeitungen. Bücherverbrennungen sind heute unnötig, man braucht bloß noch auf den richtigen Knopf drücken. Wenigstens in unserem winzigen Lebensbereich sollte später jemand die wahre Geschichte kennen."

"Aber wie? Der Trick mit der Registrierung als Zeitkapsel ist seit dem Tag verbrannte Erde, an dem wir gemeldet haben, dort sei nichts mehr zu finden."

"Das stimmt. Ich habe eine andere Idee der Registrierung, die eine Bewahrung und versteckte Hinweise erlaubt. Wir schreiben ein Buch, in dem es um unsere Dinge geht und das nur ein Gleichdenkender zu deuten weiß."

"Aber das ginge doch heute gar nicht durch die Zensur."

"Stimmt. Wir könnten aber unserem Notariat einen Zeitpunkt vorgeben oder gesellschaftliche Rahmenbedingungen vorschreiben. Erst dann dürfte es das Buch zur Veröffentlichung freigeben."

"Und du glaubst, daß es dann jemand liest? Es dürfte eher in der Flut der Neuerscheinungen untergehen, zumal wenn nicht mit Gewalt Werbung dafür gemacht wird."

"Darauf kommt es gar nicht an, denkt in ewigen Dimensionen. Was geschieht, wenn in England ein Buch veröffentlicht wird, was passiert in ähnlicher Form in jedem englischsprachigen Land weltweit?"

"Keine Ahnung. Es taucht in den Katalogen der Online-Händler auf?"

"Das meine ich nicht. Das Buch kann nie mehr verlorengehen, weil es vorgeschrieben ist, daß ein Legal Deposit, ein Pflichtexemplar, an die British Library geschickt wird, sowie unter Umständen fünf weitere Exemplare an andere nationale Bibliotheken. Sicherer kann man es nicht aufbewahren. Irgendwann beschäftigt sich jemand mit unseren Thema und wird darauf stoßen. Umso eher, wenn wir es in Form einer unterhaltsamen, erotischen Geschichte schreiben, die unsere Zielgruppe anspricht."

"Das ist genial!"

Die Monate verstrichen. Sobald es unsere freie Zeit erlaubte und jemand einen guten Einfall hatte, arbeiteten wir am Entwurf des Buches. Dabei kamen uns Vanessas journalistische Kenntnisse ebenso zugute wie Patricias Insider-Wissen und die Tatsache, daß sie bei uns zu Hause unbegrenzte Zeit hatte, um daran zu arbeiten. Den technischen Teil, etwa zur Architektur, steuerte ich selbst bei.

Endlich kam der Frühling. Es traf sich, daß wir zur gleichen Zeit unser Werk vollendet und auch bereits die handschriftliche Endfassung gefertigt hatten. Sie in unser unterirdisches Versteck zu überführen, stand als Nächstes an. Die Kopie für das Notariat verblieb in unserer Wohnung. Wir nutzten den Anlaß, um Patricia ihren Herzenswunsch zu erfüllen, zumindest teilweise. Vanessa hatte ein komplettes historisches Fetisch-Outfit aus unserem Versteck nach Hause mitgebracht und Patricia erlaubt, es auf ihre Körpermaße umzunähen. Dazu gehörte unter anderem ein großer Hut mit Schleier, der vor einer möglichen Satellitenüberwachung schützte, selbst wenn Patricia versehentlich den Kopf heben und in den Himmel schauen würde. Wir hinterlegten die Kopie unseres Buches beim Notariat. Meine beiden Subs hatten zusammen eine Art Checkliste für das zukünftige gesellschaftliche Umfeld ausgeklügelt. Erst wenn ein deutlicher Prozentsatz der aufgeführten Bedingungen positiv beantwortet werden konnte, würde das Buch veröffentlicht werden. Nachdem dies erledigt war, freuten wir uns auf das nächste Wochenende. Für den riskanten Transport von Patricia zu unserem Domizil, der erneut im Kofferraum erfolgte, ließen wir sie Alltagskleidung anlegen, wir würden sie später vor Ort umziehen.

Es war ein wunderschöner Frühlingstag. Nachdem wir angekommen waren, befreiten wir Patricia aus dem Kofferraum. Die Fahrt war glücklicherweise ohne blaue Flecken abgegangen. Gleich nach dem Aussteigen ließen wir Patricia im Haus Platz nehmen, fesselten ihr die Hände auf den Rücken und verbanden ihr die Augen. Wir entluden unseren Wagen und öffneten unsere Unterwelt, wo wir auch die vorbereitete Kleidung für Patricia bereitlegten. Wir führten sie hinab und nahmen ihr die Augenbinde ab. Sie kam aus dem Staunen gar nicht mehr heraus und lief so aufgeregt hin und her, daß wir uns gezwungen sahen, auch ihre Knöchel eng zu fesseln, worauf sie sich wieder beruhigte. Sie hatte unseren Schilderungen geglaubt, es sich aber nicht so umfangreich vorgestellt.

"Nun soll dein Herzenswunsch in Erfüllung gehen, soweit wir es unter den gegebenen Umständen arrangieren können. Du darfst im kompletten Fetisch-Outfit einen Spaziergang durch unsere Allee machen, also quasi in der Öffentlichkeit als Fetischpüppchen oder unselbständige Kunstfigur auftreten. Zwar haben wir in der Allee kein Publikum, aber besser als nichts. Du bekommst einen eisernen Halsreif angelegt und wirst von Vanessa an der Leine geführt."

Patricia blühte in diesem Moment richtig auf.

So war es, ich fühlte mich nach den vielen Monaten, die ich nur in der Wohnung zugebracht hatte, frei und glücklich. Frei auf meine spezielle Art, denn die beiden hatten mich ebenso elegant wie unnachgiebig eingekleidet und auf den Spaziergang vorbereitet. Ich konnte noch einen Wunsch äußern, bevor mir der Mund verschlossen wurde.

"Auf dem Hinweg lasse ich mich gerne von Vanessa an der Leine führen. Den Rückweg möchte ich ganz alleine antreten. Fliehen kann ich ohnehin nicht, da alles umzäunt ist und für Ruhepausen werde ich die Leaning Boards nutzen, die ihr erwähnt habt."

Das wurde mir gewährt. Ich war fest in ein Langkorsett einge-schnürt worden, welches bis unter den Hintern reichte und Sitzen unmöglich machte. Ich trug stilecht schwarze Strümpfe, die von Strumpfbändern gehalten wurden, die ziemlich einschnitten. Meine Herrschaften hatten meine beiden Löcher mit einem Dildo und einem Plug gestopft, beide wurden von einer antiken stram-men Miederhose mit Beinansatz sicher an ihrem Platz gehalten. Für den längeren Spaziergang hatten sie sich gegen Pumps und für schwarze Leder-Stiefeletten mit 15 cm Absatz entschieden, deren Schnürung ganz tief ansetzte und nach oben bis zur halben Höhe der Oberschenkel ging. Sie saßen sehr eng, was einerseits schmerzhaft werden konnte, andererseits durch den perfekten Halt das Gehen erleichtern würde. Über das Ganze zog man mir ein viktorianisches Kleid aus schwerem, gefütterten dunkelgrünem Samt an. Es war nach der Form des Korsetts geschnitten und saß dank Haken und Schnürung perfekt. Darüber kam noch eine Jacke aus gleichfarbigem Samt, die vorne doppelt geknöpft wurde und wunderschön tailliert saß. Ich erhielt auch sehr hübsche enge schwarze Lederhandschuhe. Mein drittes Loch wurde mit einer schwarzen ledernen Halbmaske verschlossen, die die untere Gesichtshälfte bis zur Nase verdeckte und die mittels eines Geschirrs am Kopf festgezurrt wurde. Sie hatte innen einen großen Dildo, der mich ausfüllte. Das Geschirr hielt meinen Unterkiefer so in Position, daß ich nichts mehr machen konnte, außer Stöhnen. Es folgte ein schwerer eiserner Halsreif, an dem die Leine be-festigt werden würde. Dann ein voluminöser Hut mit einem dich-tem Schleier, der mich der Welt entrückte. Als Fesselung für die Beine war an dem Kleid ganz unten am Saum eine Führung für einen verstellbaren Gurt eingenäht. Meine behandschuhten Hände wurden vorne mit den Irish 8-Handfesseln fixiert. Meine Ellenbo-gen wurden mit zweckentfremdeten historischen Fußfesseln hinter meinem Rücken eng zusammengezogen. Zusammen mit der Kor-settierung und den hohen Stiefeletten ergab das einen absolut ge-raden und stolzen Gang. John parkte mich kurz, indem er mich an einen Schrank lehnte und meinte, er müsse sich auch um Vanessa kümmern. Dann führte er mich die flachen Stufen ans Tageslicht herauf. Dort zog er meinen Saumgurt ganz eng, hakte die Leine an meinem Halsreif ein und ging wieder herunter, um Vanessa zu holen. Das Wetter hatte sich verändert, wie ich feststellte. Es war leicht schwül geworden. Es roch nach Natur und die Vögel zwitscherten. Als ich Vanessa sah, war ich verblüfft. John hatte sich den Spaß gemacht, sie passender zum Wetter und gegensätzlich zu mir einzukleiden. Sie erschien in engmaschigen schwarzen Netzstrapsen mit Hüftgürtel, schwarzen 16 cm-Lackpumps mit abgeschlossenem Fesselriemen, ohne Höschen und mit einer Art BH-Geschirr, welches ihre nackten Brüste einrahmte. Ihre Arme steckten hinten in einem Monohandschuh, an dessen Ende eine Öse angebracht war. Ihr Mund wurde durch einen Mundspreizer weit offengehalten. Um zu verhindern, daß ihr Ungeziefer hineinflog, hatte John ihr ein hauchdünnes Tuch vor dem Mund gebunden, was mich spontan an eine Haremsdame aus 1001 Nacht erinnerte. Meine Leine wurde unten an der Öse von Vanessas Monohandschuh befestigt, dann konnte unser Spaziergang beginnen.

Wir waren beide bloßgestellt, hilflos auf Johns Gnade angewiesen, wenn auch jede von uns auf unterschiedliche Weise. Der schritt, ganz Macho, vergnügt neben uns her und hielt eine Gerte in der Hand. Ich wurde von Vanessa geführt, die durch ihre ungefesselten Beine trotz der hohen Absätze einen sicheren Schritt hatte. Wenn sie zu schnell ging und zu sehr an meiner Leine zog, aber manchmal auch ohne Vorwarnung, nur zu seinem puren Vergnügen, ließ John die Gerte auf ihre Brüste klatschen. Fand er, daß sie zu sehr trödelte, schlug er ihr auf die Pobacken. Einmal schob er die Gerte auch zwischen ihre Beine, hinauf bis zu ihrer Spalte und erregte sie so lange damit, bis ihren Körper ein Zittern überkam. Ich sah alles mit an, was John sicher beabsichtigte. Ich war mit dieser mir zugedachten, passiven Rolle völlig zufrieden und durchaus nicht sexuell unbefriedigt, da sich neben den optischen Eindrücken vor mir auch meine drei gestopften Löcher permanent bemerkbar machten. Ich hätte nicht gedacht, daß ich es je erleben würde, in solcher Fetisch-Kleidung, und auch noch solcher mit Geschichte, unter freiem Himmel lustwandeln zu dürfen. Noch dazu mit so einer tollen Begleitung. Der Spaziergang war lang, die Allee wollte nicht enden. Trotz einiger Problemchen war ich im siebten Himmel. Ich verdrängte, daß meine Kleidung für das Wetter eigentlich zu warm war, daß ich dringend hätte trinken müssen, daß meine Füße schmerzten und daß ich nicht tief durchatmen konnte, weil ich so eng geschnürt war. Dann näherten wir uns dem Ende der Allee. Ich durfte an dem letzten Leaning Board Pause machen, nachdem mir die Leine abgenommen worden war. Vanessa durfte ebenfalls rasten. John hatte sie zu dem gegenüberliegenden Leaning Board auf der anderen Wegseite geführt. So konnten wir uns gegenseitig ausgiebig betrachten und John uns beide. Vom nahen See wehte unvermittelt ein laues Lüftchen herüber. Für einen kurzen Moment schien die Zeit eingefroren zu sein. Niemand von uns bewegte sich, niemand gab einen Laut von sich, nur in den Bäumen raschelte leise der Wind. Dann kam John zu mir und fragte, ob ich den Rückweg alleine schaffen würde. Ich bejahte durch Nicken. Er half mir noch vom Leaning Board herunter und entließ mich dann in meine sehr eingeschränkte Freiheit, um sich Vanessa zu widmen.

Er entfernte ihr Schleiertuch, stellte sich seitlich neben sie und zog mit einer Hand das untere Ende des Monohandschuhs hoch, an dem noch immer die Leine befestigt war. Das zwang Vanessa, sich vornüber zu bücken. Er fingerte zunächst geschickt an ihren unteren Lippen. Als diese vor Erregung zu schwellen begannen, nahm er sich die Brustwarzen kräftig vor, was Vanessa ein schmerzhaft-lustvolles Stöhnen aus dem zwangsweise geöffneten Mund entlockte. Daraufhin ließ er sie mitten auf der Allee niederknien und öffnete seine Hose. Er zog hinter Vanessas Rücken die Leine nach oben und packte mit der anderen Hand ihre Haare. Sie bewegte ihre Arme im Monohandschuh widerstrebend hin und her, mußte sich aber gleich in ihr Schicksal fügen, als John mit seinem Glied tief in ihren geöffneten Mund eindrang. Er kontrollierte ihre Körperbewegung mit Anziehen und Lösen der Leine und verhinderte mit dem Griff in die Haare, daß sie den Kopf wegdrehen konnte. Sie spielte ihm gekonnt Gegenwehr vor, ohne jedoch wirklich ihre Möglichkeiten zu nutzen, etwa ihn vors Schienbein zu treten oder mit ihrem Absatz zu pieken. Es dauerte nicht lange und der gewünschte Effekt stellte sich ein. John spritzte tief und kräftig ihn ihren Rachen, sie vermochte es kaum aufzunehmen. Auch ich war bei dem Anblick sehr erregt, aber mir blieb keine andere Wahl, als mit meinen Stöpseln durch Anziehen meiner Muskeln etwas Spaß zu haben und mir vorzustellen, daß ich statt meines Penisknebels an Vanessas Stelle Johns Schwanz lutschen dürfte. Scheinbar sehr zufrieden befreite er sie anschließend von ihrem Mundspreizer und bedeckte ihren Mund wieder mit dem hübschen Schleiertuch. Die beiden warfen mir noch einen verliebten Blick zu, dann nahm er sie zärtlich in den Arm und sie gingen langsam wieder zurück. Vanessa sah von hinten toll aus, wie sie nur in Dessous und noch immer im Monohandschuh gefangen neben John her stöckelte. Nachdem sie außer Sichtweite waren, kam ich, nach langer Zeit erstmals wieder völlig alleine, ins Grübeln. Ich seufzte innerlich 'Ich habe schon zu lange gelebt, in einer Welt, die nicht mehr lebenswert ist.' Ich mochte den beiden nicht sofort auf dem Rückweg folgen und ging in meiner schweren restriktiven Kleidung ein paar Schritte ziellos herum. Mir war es darin inzwischen mehr als warm geworden, die Luft wurde immer drückender. So beschloß ich, vor dem Rückweg noch zum See zu gehen, wo ein kühleres Lüftchen wehen würde. Eine Dame um 1900 hätte das stilvoll auch so gemacht, statt sich über ihre schöne Kleidung zu beklagen, dachte ich mir. Am See gab es einen kleinen Steg, den ich betrat. Es tat gut, daß ein Lufthauch meinen Schleier durchdrang. Mir gingen melancholische Gedanken durch den Kopf und ich vergaß die Welt um mich herum. Hier an diesem Ort, in dieser Aufmachung, existieren zu dürfen, war ein großes Geschenk. Aber was würde danach kommen? Sollte ich es nicht als den Höhepunkt meines Lebens ansehen, weil mir mein Verstand und meine Innenansichten des herrschenden Systems sagten, daß die Zukunft nur noch schlechter werden konnte? Daß ich möglicherweise John und Vanessa und ihr Vermächtnis auf Dauer doch noch in Schwierigkeiten bringen könnte? Die Luft war inzwischen unerträglich drückend geworden. In meinem Kopf drehten sich die Gedanken, da wurden mir die Knie weich. Durch meine Fesseln konnte ich mich nicht ausbalancieren und ich stürzte vom Steg ins Wasser, bevor ich begriffen hatte, was los war. Meine schwere Kleidung saugte sich sofort voll. Ich konnte keine Schwimmbewegungen machen. Die Knebelmaske verhinderte ein tiefes Luftholen, bevor ich unterging. Für eine Sekunde sah ich mich selbst, wie von außen gefilmt, ein wunderbares Bild einer Fetischdame, die langsam in die glitzernde Tiefe gleitet. Dann ward ewige Stille und ich hatte meinen Frieden gefunden.

Nachdem wir unser Häuschen wieder erreicht hatten, befreite ich Vanessa vom Monohandschuh und erlaubte ihr, es sich bequem zu machen und sich auszuruhen. Allerdings verweigerte ich ihr den Schlüssel für die Fesselriemen ihrer Schuhe. Ich hasse Frauen, die in der Öffentlichkeit vor Fremden schön tun und sich gleich hinter der Wohnungstür in eine nachlässige Schlampe verwandeln, die als erstes die Schuhe in die Ecke wirft, statt ihren eigenen Mann mit dem Anblick zu erfreuen. Wir kuschelten eine Weile und waren mit dem Tag sehr zufrieden. Nach einem Blick auf die Uhr ging ich nach oben, um Ausschau nach Patricia zu halten. Es war nichts von ihr zu sehen, aber der Himmel hatte sich verfärbt, was einen Wetterumschwung ankündigte. Darum eilte ich wieder hinunter.

"Es könnte schlechtes Wetter aufziehen. Du darfst normale Sachen anziehen, wir müssen los und Patricia suchen."

Für solche Notfälle hatte ich von zu Hause schon einige Besuche zuvor eine stabile Sackkarre mit extra großen Rädern mitgebracht und sie mit Gurten ausgestattet. Es würde zwar komisch aussehen, wäre aber der schnellste Weg, um jemand mit einem angeknacksten Knöchel oder ähnlichen Malesten rasch in Sicherheit zu bringen. Wir gingen schnellen Schrittes los und schauten uns überall um - keine Patricia zu sehen. Nun begannen wir doch, uns Sorgen zu machen. Wir sahen hinter jedem Leaning Board nach, ob sie eventuell gestolpert und dahinter gefallen war, doch keine Spur von ihr. Wir wußten keinen Rat und kehrten dahin zurück, wo wir sie zuletzt gesehen hatten.

"Wo kann denn hier ein Mensch spurlos verschwinden?"

"Eigentlich nur an einer Stelle. Ich befürchte das Schlimmste. Komm mit zum See!"

Als wir auf dem Steg angekommen waren, hielten wir geschockt den Atem an. Da trieb Patricias Hut auf dem Wasser. Was für eine schreckliche Gewißheit! Eben noch waren wir zu dritt und guter Dinge und nun das. Wir setzten uns auf den Steg, umarmten uns und schauten dann über die Wasserfläche. Der Wind trieb den Hut von uns fort. Am Horizont zog ein Gewitter auf, der Himmel begann passenderweise, tiefschwarz zu werden. Wir nahmen es wahr, reagierten aber nicht darauf, es war uns egal. Es dauerte eine Weile, bis wir redeten.

"Wir haben keine Möglichkeit, sie zu bergen, geschweige denn sie überhaupt zu finden. Das könnte nur ein professionelles Bergungsteam. Sie wird uns fehlen."

"Glaubst du, man wird sie eines Tages finden und mit uns in Verbindung bringen?"

"Wenn, dann können wir nur beten, daß man glaubt, daß sie seinerzeit nachts nicht fliehen wollte, sondern in ihrer Fetisch-Kleidung einen heimlichen erotischen Spaziergang machen wollte, der ihr durch einen unbedachten Schritt in der Dunkelheit zum Verhängnis wurde. Die Schlösser ihrer Fesseln hätte sie theoretisch auch selbst zuschnappen lassen können."

"Aber das Tor war eigentlich immer verschlossen, wir kämen in Erklärungsnot, wie sie auf unser Grundstück gelangen konnte. Andererseits ist unser See dadurch auch vor zufälligen Untersuchungen, Anglern und dergleichen geschützt, so daß wir einigermaßen sicher sein können, daß man sie nicht finden wird."

Ein Donnerschlag am anderen Seeufer riß uns aus unserer Lethargie. Wir schafften es noch vor dem Unwetter zum Haus zurück.

Seit diesem Tag hatten wir beide irgendwo in unseren Hinterköpfen diese unbestimmte Angst, daß es eines Tages an der Tür klingeln würde, daß uns jemand verhören würde, wie eine Leiche in unseren See gekommen wäre, daß man unsere Wohnung durchsuchen und unsere und Patricias Sachen finden würde. Die Unvereinbarkeit von Lebenstraum und Überleben hatte Patricia umgebracht. Damit war auch unser Traum zerstört. Wir fühlten uns mit den ganzen Fetischdingen in der Wohnung nicht mehr sicher. Sogar unser Sexualleben litt darunter. Schweren Herzens, wobei es Vanessa noch mehr mitnahm als mich, brachten wir nach und nach alle ebenso verdächtigen wie geliebten Gegenstände in unser Haus. Ich lieh einen Stromgenerator und eine elektrische Hochleistungs-Luftpumpe aus und es gelang mir, den Raum unter dem Haus wieder so zu verschließen, wie wir ihn vorgefunden hatten. Für lange Zeit, zumindest länger als wir beide leben würden. Ich nahm Vanessa das Versprechen ab, daß wir ihn nie wieder betreten würden. Wir führten danach ein gefahrloses, aber eintöniges Leben. Wir hatten für die Zukunft alles geregelt und würden der Welt etwas Wichtiges hinterlassen, das war das einzige positive Gefühl daran.

Ja, das war ein positives Gefühl, aber es konnte mein sexuelles Verlangen nicht stillen. Es wurde mit der Zeit unerträglich. Wir begannen zu streiten wie ein altes Ehepaar, was bislang noch nie vorgekommen war. Es ging so weit, daß ich John unverhohlen damit drohte, mich ins Auto zu setzen und unsere Fetisch-Ausrüstung zurückzuholen. Als ich die Autoschlüssel bereits in der Hand hielt, brannte bei ihm eine Sicherung durch. Er fing mich an der Wohnungstür ab, überwältigte mich und fesselte und knebelte mich mit allem, was er auf die Schnelle dazu im Haushalt finden konnte. Das war völlig anders als bisher. Ich hatte zwar mein gegebenes Versprechen nicht einhalten wollen, aber es war ein genauso schwerer Vertrauensbruch von seiner Seite. Mit unserer früher gelebten Dom-Sub-Erotik im stillschweigenden gemeinsamen Einverständnis hatte das nichts zu tun. Zum ersten Mal verspürte ich Angst in seiner Gegenwart. Er ließ nicht locker, wechselte die Fesseln und den Knebel nach und nach gegen weniger improvisierte aus. Während ich gefesselt herumlag oder -saß, konnte ich ihn nachdenklich und verzweifelt ruhelos herumgehen oder ziellos aus dem Fenster starren sehen. Am Ende des Tages fütterte er mich, gab mir zu trinken und führte mich zur Toilette. So ähnlich, wie wir es mit Patricia gemacht hatten, ging es mir durch den Kopf. Dann zog er mich Stück für Stück völlig nackt aus, fesselte mich jeweils erneut und brachte mich ins Bett. Danach schien er im Wohnzimmer vor dem Fernsehmonitor zu hocken. Zwar schwer verunsichert, wie es mit mir weitergehen würde, aber auch hundemüde und an sich ans gefesselte Übernachten gewöhnt, schlief ich irgendwann ein.

Ich erwachte am nächsten Morgen davon, daß John meine Decke beiseite geschlagen hatte und dabei war, meine Fesseln restlos zu lösen und achtlos auf den Boden zu werfen. Noch etwas verschlafen, aber natürlich angenehm überrascht, schaute ich ihn an. Er war übernächtigt und unrasiert, es schien ihm nicht gut zu gehen. Ich machte mir gleich Sorgen um ihn. Er, der immer geführt hatte und stark gewesen war, bekam auf einmal feuchte Augen, setzte sich zu mir aufs Bett, nahm meine Hand und fragte:

"Würdest du mich noch einmal heiraten? Nach dem, was ich dir gestern angetan habe?"

"Ja, mein Herr."

Ich zog ihn zu mir ins Bett. Wir küßten uns und kamen uns auf eine völlig natürliche Art näher, die wir lange nicht mehr em- pfunden hatten. Wir schliefen miteinander und fühlten, daß das Band zwischen uns nie zerrissen werden konnte, ob mit oder ohne einem Rahmen aus bizarrem Fetisch drumherum. Denn uns beide hielt die stärkste Kraft der Welt zusammen.

Wir liebten uns.

In einem Londoner Notariat schlummert unsere Verfügung, regelmäßig die Temperatur und den Puls der Gesellschaft zu messen, um zur passenden Zeit unser Buch zu veröffentlichen. Mit etwas Glück wird erneut jemand eine verborgene Fetisch-Welt finden. Eines Tages, in einer besseren Welt.

Nachwort

Der Autor ist nicht der Einzige, der von der schillernden Figur des James Whitaker Wright inspiriert wurde, die heute fast vergessen ist. In Harold Frederic's Roman 'The Market Place' (1899) diente er vermutlich bereits als Vorlage für die Hauptfigur Stormont Thorpe. H.G. Wells ließ sich später von ihm in seinen Romanen 'Tono-Bungay' (1909), 'The Research Magnificent' (1915) und 'The World of William Clissold' (1926) beeinflussen. In der TV-Serie 'Hustle' ('Unehrlich währt am längsten') erscheint 2006 in der Folge 'Ties that bind us' ('Der große Whittaker') sein fiktiver Urenkel. Ob der Autor der historischen Person ihre Neigungen nur angedichtet hat oder ob mehr dahinter steckt, wer weiß? Zuzutrauen wäre es jemand, der so zu leben und zu genießen verstand, allemal. Zumal er die Dinge, die er anpackte, auch konsequent nach seinem Willen zu Ende brachte, den eigenen Tod inbegriffen. Wir werden es wohl nie erfahren.

Versprechen über ein Zusammenleben (sog. Sklavenvertrag):

Präambel

Es ist uns bewußt, daß sogenannte Sklavenverträge, wie sie im BDSM-Bereich üblich sind, keine Rechtskraft haben und somit nichtig sind. Aus gutem Grund wurde einmal die Sklaverei abgeschafft. Uns geht es darum, den gegenseitigen Willen zu bekunden, gemeinsam einen Lebensstil zu führen, der vom Durchschnitt abweicht. Um sich dieses sehr individuelle Miteinander deutlich vor Augen zu führen, ist dieser Text von uns verfaßt worden. Was wir gemeinsam erleben wollen, ist dem heutigen Zeitgeist nach politisch höchst unkorrekt. Da wir dieses stille Glück nur für uns leben wollen und uns niemand aufdrängen und niemand damit belästigen wollen, sei es uns vergönnt. Papier ist geduldig - es kommt am Ende ohnehin nur darauf an, ob man an ein gemeinsames Ziel glaubt und ob man danach lebt.

Generelles

Patricia verspricht hiermit, sich für die Zukunft, ihren geliebten Herrschaften John und Vanessa vollkommen auszuliefern und erlaubt ihnen, zukünftig alle Entscheidungen für sie zu fällen.

Vertragsdauer, Kündigung

Patricia schenkt John und Vanessa aus freiem Willen den uneingeschränkten Besitz ihres Körpers. Damit verbunden ist dessen umfassende sexuelle Benutzung. Patricia verpflichtet sich, 24 Stunden am Tag zu dienen. Sie will ihr Leben und ihren Besitz vollkommen und ohne Einschränkung in die Hände von John und Vanessa legen. Dieses Versprechen ist unbegrenzt gültig und kann nur einseitig von den beiden gekündigt werden. In diesem Fall verbleiben sämtliche Fetisch-Kleidung, die nicht für ein normales Alltagsleben benötigt wird, und sämtliche Fesselutensilien in John und Vanessas Besitz.

Finanzielles, Besitz:

Patricia wird ihren gesamten Besitz und sämtliche Dokumente (z.B. Identifikationskarte) übergeben, um sich dadurch vollkommener Kontrolle zu unterwerfen. Patricia darf zukünftig über ihre finanziellen Mittel nicht mehr selbst verfügen.

Patricias Pflichten:

Patricia verpflichtet sich, ihren Herrschaften uneingeschränkt und unverzüglich zu gehorchen und sich von ganzem Herzen um deren Vergnügen und Wohlbefinden zu bemühen.

Sie sieht es als ihre Aufgabe an, nicht allein passive Befehlsempfängerin zu sein, sondern auch aktiv, soweit ihr diese Rechte zuerkannt werden und sie damit nicht ihre Kompetenz überschreitet, ihre Bereitschaft zu Gehorsam und Unterwerfung zu beweisen.

Sie verzichtet auf ihr Recht auf Vergnügen, Bequemlichkeit und Befriedigung, es sei denn, man gesteht es ihr zu oder es entspricht Johns und Vanessas ausdrücklichem Willen oder Wunsch.

Patricia hat sorgsam mit ihrem Körper umzugehen und ihn nach allen Regeln der Kunst zu pflegen. Hierzu gehört unter anderem die Pflicht, den Körper jeden Tag von sämtlichen Körperhaaren zu befreien und stets ein einwandfreies Make-Up aufzulegen. Sie hat ihre Füße so ausreichend trainiert zu halten, daß sie gut in Schuhen mit extremen Absätzen laufen kann.

Kleidung:

Patricia hat jederzeit die generell vereinbarte bzw. im Einzelfall von John und Vanessa gewünschte Kleidung zu tragen. Das schließt die Kleidung ein, in der sie schläft.

Generell vereinbart wird:

- Hochhackige Schuhe oder Stiefel, deren Absatzhöhe nicht unter 12 cm beträgt. Soweit die Schuhe nicht bereits Sicherungen gegen unerlaubtes Ausziehen haben (z.B. Fesselriemen, Bänder), muß entweder eine Sicherung darüber gelegt werden (abschließbare Schuhfessel) oder Entsprechendes muß von Patricia nachträglich angenäht werden.

- Strümpfe/Strapse, Strumpfhosen, Bodystockings, Leggins oder dergleichen. Nur in heißen Sommermonaten sind auch nackte Beine gestattet.

- Es werden vorrangig Röcke oder Kleider getragen, Hosen nur, wenn es aus praktischen Gründen erforderlich ist.

- Das dauerhafte Tragen eines Korsetts kann angeordnet werden, die Strenge der Schnürung obliegt John und Vanessa.

Fesselung:

John und Vanessa sind jederzeit berechtigt, Patricia in absolut jeder Art und Weise in ihrer Bewegungsfreiheit einzuschränken.

Generell vereinbart wird:

- Die Mindestfesselung sind Handschellen vorne an einem Taillengurt und Fußschellen. Ausgenommen sind Tätigkeiten, die mehr Bewegungsfreiheit erfordern, wie z.B.

Kochen, das gemeinsame Einnehmen von Mahlzeiten oder die sexuelle Befriedigung der Herrschaften.

- Nachts werden Hände und Füße dauerhaft fixiert. Über Bauch- oder Rückenlage, Position und ob die Fixierung mit dem Bett verbunden wird, entscheiden John und Vanessa. Manschetten mit breiter Auflage oder medizinische Fixierungssysteme sind dabei Schellen vorzuziehen.

- John und Vanessa haben das Recht, dauerhaft das Tragen einer Zwangsjacke anzuordnen, soweit keine Arbeiten zu erledigen sind. Sie müssen dazu keine Rücksicht auf Patricias Befinden, Tagesform, Wünsche oder ihre persönlichen Einstellung dazu nehmen. Eine vorzeitige Öffnung erfolgt nur im absoluten Notfall, worüber ausnahmsweise John oder Vanessa einzeln entscheiden können.

- Falls die Fesseln Patricia die selbständige Benutzung der Toilette nicht ermöglichen, hat sie ihre Herrschaften darum zu bitten, ihr dabei behilflich zu sein. Bei absehbarer längerer Abwesenheit ihrer Herrschaften oder bei einer Langzeitfesselung akzeptiert Patricia, eine Windel mit einem Gummihöschen darüber zu tragen.

- Patricia hat sich bei der Vornahme von Fesselungen stets zuvorkommend zu verhalten und das Anbringen der Fesseln durch Körperhaltung oder anderweitige Handlungen zu erleichtern.

Unterbringung:

Patricia wird in den Haushalt aufgenommen und erklärt sich ausdrücklich damit einverstanden, daß bei Abwesenheit von John und Vanessa ein dauerhaftes Einschließen in die Wohnung, sowie eine entsprechende Fesselung erfolgt, die ihr jedes Verlassen der Wohnung unmöglich macht. Sie verpflichtet sich, sich in dieses Schicksal zu fügen und nicht zu versuchen, Dritte auf sich aufmerksam zu machen, die ihr zur Flucht verhelfen könnten. John und Vanessa haben das Recht, Patricia während ihrer Abwesenheit auf jede mögliche Art zu knebeln. Dabei ist für längere Zeiträume ein Kopfgeschirr mit Kinnhalter vorzuziehen, ein großer Ballknebel dagegen ist eher als Strafe anzuwenden. Patricia steht kein eigenes Zimmer als Rückzugsmöglichkeit zu.

Sexuelle Regeln:

John und Vanessa sind berechtigt, Patricia zu absolut jedem sexuellen Zweck zu benutzen. Sie wird sich ohne Einschränkung, absolut bereitwillig und gehorsam, aktiv an all diesen sexuellen Aktivitäten beteiligen. Sie gelobt ihre aktive Hingabe und unverzüglichen, widerspruchslosen Gehorsam auf jeden Befehl, der ihr erteilt wird. Patricia akzeptiert, daß bei einer Verweigerung ihrerseits sexuelle Handlungen an ihr auch gegen ihren Willen vorgenommen werden. NS und KV sind beiderseits ausgeschlossen, das Tragen einer Windel aus praktischen Gründen zählt nicht dazu.

Es ist Patricia verboten, eigenmächtig sexuelle Handlungen, welcher Art auch immer, an sich selbst vorzunehmen. Auf Anweisung trägt Patricia, auch dauerhaft, einen Keuschheitsgürtel. Sollte sie trotz allem versuchen, sich selbst zu befriedigen, wozu bereits das Manipulieren an den Brustwarzen zählt, sind John und Vanessa berechtigt, dies sofort mit allen Mitteln zu unterbinden und eine Bestrafung ihrer Wahl zu verhängen. Patricia wird sich dieser fügen.

Strafen:

Patricia ist sich dessen bewußt und akzeptiert, daß jedes

Versagen ihrerseits, den Wünschen und Befehlen ihrer Herrschaften uneingeschränkt nachzukommen, als hinreichen-
der Grund für eine Bestrafung angesehen werden kann. Sie
gesteht ihnen das Recht zu, sie auf jede Weise, die sie für angemessen halten, zu bestrafen.

Unter der Einschränkung, dass die körperliche Unversehrt-
heit und Sicherheit gewahrt bleibt, gesteht Patricia ihren
Herrschaften das Recht zu, alles mit ihr zu tun, was und wie
es ihnen beliebt, sei es als Strafe, zum Vergnügen oder jedem
anderen beliebigen Zweck, unabhängig davon, wie
schmerzhaft oder demütigend dies für sie auch sein mag.
John und Vanessa können für Verfehlungen nach ihrem
Ermessen bestrafen. Patricia hat dabei nicht das Recht,
Kritik an der Strafe oder dem Strafmaß zu üben.

Patricia hat das Recht zu weinen, zu betteln und geknebelt
zu versuchen, zu schreien, aber sie erkennt die Tatsache an,
daß diese Gefühlsregungen keinen Einfluss auf ihre Behandlung haben werden. Außerdem gesteht sie ihren Herrschaften ausdrücklich das Recht zu, dass wenn diese sich
durch ihre Laute gestört fühlen, sie Patricia jederzeit
knebeln oder auf andere Weise zum Schweigen zwingen
oder ruhigstellen können.

Kommunikation:

Patricia hat auf alle gestellten Fragen ehrlich und direkt
zu antworten. Sofern es ihr erlaubt ist zu fragen, hat sie
ihre Fragen respektvoll zu formulieren und dann ehrfürch-
tig auf die Entscheidung ihrer Herrschaften zu warten.

Es ist Patricia verboten, Kontakt mit der Außenwelt mittels
Telefon, Internet oder in schriftlicher Form aufzunehmen.
Kontaktaufnahmen jeder Art sind nur nach vorheriger Er-
laubnis und unter Aufsicht gestattet.

Allgemeines:

Patricia hat die Pflicht, die Wohnung in einem ordnungsgemäßen, sauberen Zustand zu halten. Sie hat die Pflicht, zu kochen. Sie hat die Pflicht, wenn es sich ergibt, andere hausfrauliche Tätigkeiten, wie z.B. Nähen, auszuführen.

Patricia wird sich nach allen Kräften bemühen, ihre Herrschaften perfekt zu bedienen, gehorsam zu sein und vorausschauend jene Handlungen zu vollziehen, die von ihr erwartet werden.

Safewort/Veto:

Ein Safewort zwecks Beendigung des Vertrages durch Patricia wird bewußt nicht vereinbart.

Sonstiges:

Patricia darf ohne ausdrückliche Genehmigung weder rauchen noch Alkohol konsumieren. Drogen sind strengstens verboten.

John   Vanessa   Patricia